Mittermeier
Werde ich dich lieben können?

Rosi Mittermeier

WERDE ICH DICH LIEBEN KÖNNEN?

Leben mit einem Down-Kind

Patmos Verlag Düsseldorf

Für Anita

Die Deutsche Bibliothek – CIP-Einheitsaufnahme

Mittermeier, Rosi: Werde ich dich lieben können? :
Leben mit einem Down-Kind / Rosi Mittermeier. –
1. Aufl. – Düsseldorf : Patmos-Verl., 1994
ISBN 3-491-72320-5

© 1994 Patmos Verlag Düsseldorf
Alle Rechte vorbehalten
1. Auflage 1994
Umschlaggestaltung: Ruth Gnosa, Hannover
Gesamtherstellung: Lengericher Handelsdruckerei, Lengerich
ISBN 3-491-72320-5

Inhalt

Ronald Schmid
Behinderung in unserer Gesellschaft
Der Weg vom Schock zur Depression oder
zum besseren Selbstverständnis............... 7

Vorwort 11

Der Schock................................. 14
   Wie kann man den Schock bewältigen? 24
   Trauer um die verlorene Zukunft 27

Frühförderung und die Beziehung zum Kind ... 33
   Der Ansatz der Frühförderung 35
   Die Bedeutung des Streichelns............... 37
   Verstärkung und Verstärkungspläne.......... 40
   Die Bedeutung der Motivation 47
   Erfolgserlebnisse bzw. Frustration 49
   Aufforderungscharakter der Umwelt 50
   Die Bedeutung der Motivation für die
   Persönlichkeit des Kindes................... 51
   Einige bewährte Übungen 55
   Sprachanbahnung 58
   Zeichen als Hilfestellung beim Spracherwerb .. 65

Medizinische Fragen........................ 71
   Herzfehler 71
   Beeinträchtigung des Sehvermögens 72
   Sehen und geistige und körperliche
   Entwicklung............................... 72

Sehen und das »Weltbild« des Kindes......... 74
Problemzone Atemwege.................. 76
Medikamentöse Basisbehandlung? 78

Erziehungsfragen 82
Herausforderung Trotzalter................ 82
Reizwort Sauberkeitserziehung 85
Das behinderte Kind und seine Geschwister ... 89
Wenn man es wagt, noch einmal schwanger
zu werden............................... 95
Die Frage nach dem richtigen Kindergarten.... 97
Schlagwort Integration.................... 100

Die Rolle des Vaters 103

Behinderte und Sexualität................... 106

Dauerbelastung Leistungsdruck 115

Abschied................................ 118
Anita – wie andere Menschen sie erlebten 120
Anitas letzte Tage 123
Eine andere Perspektive gewinnen 127

Traum................................. 129

Dank.................................. 132

Anhang................................ 133
Abenteuer Alltag....................... 133
Unsere ältere Tochter Johanna schreibt über
sich und ihre behinderte Schwester.......... 138
Einige Vorschläge für Kniereiter und
Baby-Kitzler 140
Weitere Informationen zum Thema 142

Behinderung in unserer Gesellschaft

Der Weg vom Schock zur Depression oder zum besseren Selbstverständnis

»Werde ich Dich lieben können?« fragt die Autorin und beschreibt den Schock bei der Geburt und das Leben mit einem Down-Syndrom-Kind. Als Leitfaden zieht durch das Buch der Gegensatz zwischen der Diagnose »Behinderung« und der Relativierung eben dieses Begriffes durch Beschreibungen aus dem täglichen Leben.

Klärungsbedürftig ist zunächst der Begriff der Behinderung. Konsultiert man hierzu das 25 Bände umfassende »Meyers Enzyklopädische Lexikon«, so wird man vergeblich nach einer Erläuterung des Begriffes »Behinderung« suchen. Eine Antwort bekommt man erst bei der Suche nach dem Begriff »Entwicklungsstörung«. Dieser ist definiert durch ein Abweichen der Entwicklung von der Norm. Ein Abweichen von der Norm ist aber immer ein relativer Begriff. Unterschiedliche Betrachtungsweisen eröffnen eine vollkommen unterschiedliche Definition des Begriffes Behinderung. Schwer behindert sind etwa 1,5 bis 3 pro tausend Einwohner. Dies sind Menschen, die körperlich, geistig, eventuell auch seelisch nicht in der Lage sind, ihr eigenes Leben zu gestalten, und die ständig auf fremde Hilfe bei den täglichen Lebensabläufen angewiesen sind. 40 bis 50 pro tausend Kinder besuchen Sonderschulen und besondere Förderklassen. Diese

Kinder werden unter Umständen auch mit dem Begriff »behindert« belegt, obwohl dies bei einem Spontantreffen außerhalb des Schulmilieus häufig nicht ersichtlich ist. Darunter sind auch Kinder, die z. B. nicht sehen können, andererseits aber durchschnittlich bis hoch begabt sind. Noch schwieriger wird die Zuordnung von Kindern, die Verhaltensauffälligkeiten und Teilleistungsstörungen haben wie etwa eine Lese-Rechtschreibschwäche, eine Rechenschwäche oder eine Hyperaktivität (Zappelphilipp). Dies trifft im mittleren Schulalter auf etwa 130 bis 150 pro tausend Kinder zu. Für die Kinder und ihre Umgebung resultieren daraus häufig erhebliche Probleme, andererseits können dieselben Kinder Spitzenleistungen in anderen Bereichen des täglichen Lebens wie im Sport oder in bestimmten Schulfächern erbringen.

In einer gewissen Weise sind somit 13 bis 15% unserer Kinder »behindert«, wenn die Normdefinition als Maßstab herangezogen wird. Jede Norm wird aber durch die gesellschaftlichen Rahmenbedingungen de-finiert und ist damit relativ. Die Norm kann in ei-ner anderen Gesellschaft eine vollkommen andere sein und ist somit von jedem einzelnen Mitglied dieser Gesellschaft, d.h. von jedem Bürger dieses Staates, abhängig.

In hervorragender Weise schildert die Autorin des vorliegenden Buches, wie die Familie, geprägt von dem Normenverständnis gegenüber Behinderten in unserer Gesellschaft, zuerst schockiert einen Entwicklungsprozeß durchläuft, der zu einer erheblichen Reifung führt. Das Leben mit einem Down-Syndrom-Kind wird als Bereicherung empfunden und steht damit im krassen Gegensatz zu dem gesellschaftlichen Verständnis, welches bei der Vorhersage einer Down-Syndrom-Geburt eine medizinische Abtreibungsindikation gewährt.

Die Tradition unseres Denkens in den letzten Jahrhunderten, aber auch die gesellschaftlichen Rahmenbedingungen lassen vermuten, daß das Leben eines schwer behinderten Menschen aus der Sicht mancher Bürger dieser Gesellschaft nicht lebenswert ist. Behinderte und die Beschäftigung mit der daraus resultierenden Problematik passen nicht in das Konzept einer perfekt funktionierenden Leistungsgesellschaft. Eine Gesellschaft jedoch, die den Anspruch erhebt, dem humanistischen Gedankengut verankert zu sein, macht sich durch eine solche Einstellung selbst fragwürdig.

Familie Mittermeier ist kein Einzelfall. Es gibt allerdings nicht viele Eltern, die diesen eigenen Reifungsprozeß so gut zu Papier bringen könnten. In zahlreichen Familien sind behinderte Kinder für alle Beteiligten eine Bereicherung und wachsen glücklich auf. Es gibt aber auch viele Familien, die an einem behinderten Kind zerbrechen, wie die Scheidungsstatistik von Eltern behinderter Kinder zeigt. Daß dies so ist, ist eine Schwäche unserer Gesellschaft und damit von uns allen. Nicht alle Eltern besitzen die Kraft, sich gegen gesellschaftliche Tendenzen durchzusetzen, wie das in hervorragender Weise mit der Lebensgeschichte von Anita geschildert wird. Ich wünsche mir, daß alle Eltern behinderter Kinder dieses Buch zu lesen bekommen, um eine nicht ganz alltägliche Meinung zu den Problemen des Lebens mit einem behinderten Kind zu erfahren.

Auch wenn die Konsultation eines Therapeuten, Sozialarbeiters, Steuerberaters und Arztes unerläßlich ist, so vermittelt die vorliegende Erzählung viel mehr – jeder Mensch, auch der Behinderte, hat ein Lebensrecht auf der Welt. Das Leben dieses nach der Definition behinderten Menschen kann erfüllter und aus humanistischer Sicht genauso wertvoll sein wie das Leben eines erfolgreichen, scheinbar gesunden Menschen im Zentrum unserer Gesellschaft. Die Norm wird von den scheinbar Gesunden geprägt – sind sie es immer? Jedes Kind hat Anspruch auf die Liebe seiner Eltern, seiner Familie und der ganzen Gesellschaft. Jede andere Einstellung zeugt von Egoismus, Hochmut und von falschen Idealen.

Altötting, den 10. 5. 1994
Priv.-Doz. Dr. Dr. *Ronald Schmid*

Vorwort

Als betroffene Mutter versuche ich im vorliegenden Buch, meine Erfahrungen mit unserem behinderten Kind darzustellen, wobei psychologische und pädagogische Grundlagen in die Praxis des Familienalltags umgesetzt werden. Angefangen beim Schock der Erstmitteilung der Behinderung bis hin zu Erziehungsproblemen im Kleinkindes- und Kindergartenalter möchte ich die verschiedensten Facetten des Problems an konkreten Beispielen darstellen, so wie wir es in unserer Familie erlebt und bewältigt haben. Im ersten Teil geht es mir hauptsächlich darum, wie bei uns die Zielsetzung der Frühförderung umgesetzt wurde. Dabei konnte ich einerseits auf die Erfahrungen bei der Erziehung unserer älteren Tochter, andererseits immer wieder auf mein Wissen über Lernpsychologie zurückgreifen, was für mich sehr hilfreich war. Das erste Prinzip der Frühförderung geht davon aus, daß geistig behinderte Kinder (in meinem Fall ein mongoloides Kind) schon in den ersten Wochen nach der Geburt intensiv gefördert werden sollten, weil sich durch eine konsequente und baldmöglichst einsetzende Frühförderung in der Tat erstaunliche Erfolge erzielen lassen. Der zweite Grundsatz lautet: Die Eltern, besonders die Mutter sollte dabei als hauptsächliche Therapeutin wirken, da die enge gefühlsmäßige Bindung zwischen ihr und ihrem Kind die beste Voraussetzung für das Gelingen der Förderung darstellt.

Theoretisch gesehen sind solche Forderungen sinnvoll und einleuchtend. Aber die Mutter gerät in diesem Frühförderungskonzept leicht unter einen Leistungsdruck, so daß sie sich überfordert fühlt. Ihr fehlen ja in den meisten Fällen die theoretische Ausbildung und das notwendige Hintergrundwissen für diese Aufgabe. Sie wird zwar von Heilgymnasten, Pädagogen und Erziehern beraten und unterstützt, damit kann dennoch eine gewisse Unsicherheit im Erziehungsalltag nicht abgebaut werden. Als Mutter eines gesunden Kindes spürt man die Verantwortung der Erziehungsaufgabe nicht so deutlich, man ist sich nicht in gleichem Maße dessen bewußt, wieviel von der eigenen Geschicklichkeit abhängt. Hat man jedoch ein behindertes Kind, das man optimal fördern will, um ihm trotz der Behinderung ein glückliches und erfülltes Leben zu ermöglichen, so meint man manchmal, von dieser Aufgabe erdrückt zu werden.

Hier will ich nun zwei Dinge deutlich machen: Erstens, die Erziehungswissenschaft, besonders die Lernpsychologie, stellt viele Einsichten bereit, die sich tatsächlich als sehr hilfreich erweisen, wenn es einem gelingt, das theoretische Wissen in der konkreten Praxis anzuwenden. Und zweitens: Es ist durchaus nicht erforderlich, seine ganze Zeit und Energie für das behinderte Kind zu opfern. Man braucht kein schlechtes Gewissen zu haben, wenn man auch auf sich selbst achtet. Im Gegenteil: Eine glückliche Mutter ist auch für ein behindertes Kind die beste Voraussetzung, selbst glücklich sein zu können. Es ist in der Tat möglich, beides zu erreichen: eine gute Förderung des Kindes, ohne das Glück und die Selbstverwirklichung der Mutter dabei völlig in den Wind zu schreiben. Wenn man den Tagesablauf und die Umgebung des Kindes bewußt gestaltet, bleibt einem selbst noch überraschend viel Zeit für seine eigenen Interessen.

Im zweiten Teil streife ich einige medizinische Fragen. Im dritten Teil möchte ich schließlich noch auf konkrete Erfahrungen und Fragen der Erziehung zu sprechen kommen, von denen ich annehme, daß sie andere betroffene Eltern ebenfalls interessieren, wie z. B. die Frage nach der Beziehung zu Geschwistern oder die Suche nach dem richtigen Kindergarten.

Rosi Mittermeier

Der Schock

Unsere Anita kam am 7. 10. 1988, fünf Tage nach dem errechneten Geburtstermin, zur Welt. Wie schon bei meiner ersten Schwangerschaft war auch diesmal wieder alles sehr unkompliziert und schön gewesen. Die Vorsorgeuntersuchungen bestätigten jedesmal mein Gefühl, alles sei in bester Ordnung und auch für die Geburt seien keinerlei Komplikationen zu erwarten. Am Nachmittag des 7. Oktober war es dann endlich soweit. Die Geburt ging für mich und auch für Arzt und Hebamme überraschend schnell und leicht. Um 17.03 verkündete Anita mit ihrem ersten Schrei, daß sie nun da war.

Jede Mutter kennt das große Gefühl der Erleichterung, wenn zuerst der Kopf und dann das ganze Kind da ist. »Es ist ein Mädchen!« Daß die Hebamme nicht wie sonst dazu sagte »Es ist gesund«, war mir und meinem Mann noch nicht aufgefallen. Auch daß die Nabelschnur sofort durchtrennt wurde, wunderte uns noch nicht. Bei Müttern mit Rhesusfaktor negativ ist das wohl eine Vorsichtsmaßnahme. Als der Arzt das Kind gleich wegnahm, um es zu untersuchen, entschuldigten wir noch mit: »Die halten sich heute mal wieder nicht an die Regeln einer sanften Geburt!« Erst als uns die Untersuchung unseres Kindes etwas lang dauerte (vielleicht 5 bis 10 Minuten), fragten wir, ob alles in Ordnung sei, ohne noch ernsthaft daran zu denken, daß tatsächlich etwas nicht in Ordnung sein könnte.

Der Arzt wollte uns wohl schonend vorbereiten und meinte: »Die Lidstellung der Augen gefällt mir nicht ganz.« Er hatte vermutlich nicht gedacht, daß uns damit sofort klar war, daß Anita mongoloid war. Unsere Welt begann zu bröckeln und zusammenzustürzen. Wir wollten sie dadurch aufrechterhalten, daß wir im Innersten noch fest davon überzeugt waren: Das kann nicht sein, das ist unmöglich. Während der ganzen Schwangerschaft hatten wir niemals ernsthaft mit der Möglichkeit gerechnet, ein behindertes Kind zu bekommen.

Es wurde uns gesagt, daß Symptome für Down-Syndrom da seien, aber daß noch keine eindeutige Diagnose gestellt werden könne. An dieser Stelle wollen wir allen, die an der Entbindung beteiligt waren, herzlich danken. Sie haben uns sehr geholfen. Wir spürten ihr echtes Mitgefühl, sie waren wohl alle genauso schockiert wie wir selbst. Niemand rechnet bei einer 25jährigen Mutter, die bereits ein gesundes Kind hat, mit der Geburt eines mongoloiden Kindes. Nach und nach kamen die Hebamme, die Stationsschwester und die Ärzte zu mir ans Bett und sprachen mit uns über alles – was Down-Syndrom eigentlich ist und wie man damit leben kann. Während sie uns am Anfang die Hoffnung ließen, alles könne sich noch als Irrtum herausstellen, merkten wir im Lauf der ersten Tage bereits, daß sie eigentlich nicht mehr ernsthaft mit dieser Möglichkeit rechneten. Inzwischen hatten uns vor allem eine Stationsschwester, die mit einer jungen Familie mit einem mongoloiden Kind befreundet ist, und der Chefarzt der Kinderstation, in die Anita inzwischen verlegt worden war, geholfen, eine neue Hoffnung für unsere Zukunft aufzubauen. Daß man nämlich mit einem mongoloiden Kind bestimmt genauso glücklich sein kann wie mit einem gesunden und daß man wegen eines mongoloiden Kindes nicht alle seine Zukunftspläne aufzugeben braucht. Im Gegenteil: Es ist sogar wichtig und gut, sein ganz normales Leben weiterzuführen. Aber das ist am Anfang nicht so leicht.

Für uns haben sich verschiedene Punkte als besonders hilfreich erwiesen, die wir gern weitergeben möchten. Wir haben seit Anitas Geburt zu vielen Ärzten, Psychologen, Pädagogen ... Kontakt gehabt und haben bei fast allen von ihnen eine große Unsicherheit gespürt. Wie die übrigen Leute wußten auch sie nicht recht, wie sie uns begegnen sollten. Häufig hatten wir das Gefühl, daß eigentlich wir es waren, die ihnen zeigen mußten, wie offen und ehrlich man über unser Kind und unsere Situation sprechen kann. Manche glaubten, sie könnten helfen, wenn sie uns alles schön häppchenweise beibrächten: heute die Information von der starken Gelbsucht, in vierzehn Tagen den Herzfehler, in drei Monaten die Infektanfälligkeit und mit zwei Jahren die dicke Zunge und den hohen Gaumen ... Gerade das hätte es uns aber erschwert, zu akzeptieren, daß Anita mongoloid ist.

Als grundlegendes Prinzip stellte sich für uns heraus: Es hat keinen Sinn, die Eltern im Unklaren zu lassen. Mag auch der Schock groß sein, wenn man sofort nach der Entbindung erfährt, daß das Baby nicht gesund ist, so ist dieser Zeitpunkt dennoch der richtige. Je länger die Ärzte diese Hiobsbotschaft hinausschieben, desto schwieriger wird es für sie, sie den Eltern zu überbringen, und die Welt, die in den Eltern dann zusammenbricht, ist wohl noch größer als sofort bei der Entbindung. Außerdem entstünde so in den Eltern leicht das Gefühl, nicht für voll genommen zu werden, so daß sie das Vertrauen in den Arzt verlieren. Eltern sind ohnehin selten so blind, als daß sie nicht selbst wahrnähmen, daß irgend etwas an ihrem Kind nicht stimmt. Wir sind zudem davon überzeugt, daß die ganze Atmosphäre im Kreißsaal nicht unbefangen sein könnte, was die Eltern verunsichern würde, ohne daß sie wüßten warum.

Es sofort nach der Geburt zu sagen, hat auch den Vorteil, daß Arzt und Hebamme ihre eigene Bestürzung zeigen können. Mir und meinem Mann hat es sehr geholfen, daß Hebamme und Arzt uns ihr echtes Mitgefühl und ihre Betroffenheit spüren ließen und sie nicht unterdrückten. Sie gaben uns das Gefühl, mit unserem Unglück nicht allein zu sein. Es gibt so etwas wie Trauer um die verlorene Zukunft. Wie bei der Trauer über den Verlust eines geliebten Menschen, so braucht man dabei das Mitgefühl und die Anteilnahme anderer.

Der zweite wichtige Punkt wurde bereits angesprochen: den Eltern neue Hoffnung für ihre Zukunft machen. Die Nachricht, daß das Kind mongoloid ist, zerstört im ersten Augenblick alle Vorstellungen und Hoffnungen der Eltern auf eine glückliche Zukunft. Sie meinen, von nun an in lebenslangem Unheil leben zu müssen. Das ist wohl das Schlimmste. Aus diesem Grund ist es wichtig, daß den Eltern mit der erschütternden Nachricht ein neuer Lichtblick und neue Hoffnung eröffnet werden. Noch bevor detaillierte Informationen über das Down-Syndrom gegeben werden, sollte den Eltern glaubwürdig vermittelt werden, daß es zwar eine große Aufgabe ist, ein mongoloides Kind aufzuziehen, daß diese Aufgabe aber nicht weniger lohnend und beglückend ist als die Erziehung eines gesunden Kindes. Und es sollte hinzugefügt werden, daß – rein statistisch gesehen – das Faktum eines behinderten Kindes die Harmonie und das Glück des Familienlebens und der Ehe nicht beeinträchtigt, sondern im Gegenteil in vielen Fällen gerade dazu beiträgt.

Uns persönlich hat es ungemein gut getan, wenn uns kompetente Leute (Kinderarzt, Heilgymnastin …) glaubwürdig erklärten, daß Down-Kinder äußerst liebenswürdig und anhänglich sind und daß sie nicht nur eine Last für die Familie darstellen, sondern in vielen Fällen eine Quelle der Freude sind.

Schließlich war es für uns unsagbar hilfreich, daß unser Arzt uns verschiedene Bücher über DS zur Verfügung stellte. Die Reihenfolge, die er dabei wählte, war sehr sinnvoll. Als erstes gab er uns das Buch einer betroffenen Mutter (»Katrin«, siehe Literaturverzeichnis), die das Leben ihrer mongoloiden Tochter aus deren Sicht beschrieb und damit dem Leser klarmachte, wie gern Behinderte leben, wie glücklich sie sein können und daß das Leben mit ihnen keineswegs nur aus Sorgen besteht. Als nächstes bekamen wir ein Buch über die Frühförderung behinderter Kinder und erfuhren so von wissenschaftlicher Seite von den erstaunlichen Möglichkeiten, die sie eröffnet. Dies machte uns wiederum Mut, an die Zukunft zu glauben, und mobilisierte gleichzeitig unsere Kraft, unseren Beitrag dazu zu leisten, daß Anita ein glücklicher und relativ eigenständiger Mensch werden kann. Das Gefühl, etwas tun zu können und auch gleich damit anzufangen, half uns sehr, unseren Schock zu überwinden, aus der anfänglichen Apathie aufzuwachen, unser Kind anzunehmen und zu lieben.

Erst als drittes bekamen wir – weil wir großes Interesse an medizinischen und biologischen Details zeigten – eine medizinische Beschreibung des Down-Syndroms. Dieses Buch war als einziges entmutigend und deprimierend, weil es eine Sammlung von anatomischen Fakten und statistischen Zahlen war, in der natürlich die Liebe und Zuneigung, die eine Familie braucht, um mit einem mongoloiden Kind leben zu können, keinen Platz hatte. Unter dem Mantel von Nüchternheit und Objektivität verbarg sich eine wissenschaftliche Sicht vom Menschen mit DS als Typ, die ihm nur wenig Chancen für ein glückendes Leben einräumte und seiner Familie keine Hoffnungen machte. Jedoch hatten uns die beiden anderen Bücher bereits solche Zuversicht vermittelt, daß wir auch dieses eher frustrierende Buch verkraften konnten. Dennoch war es wohl gut, daß wir das Buch gelesen haben, denn nun können wir sicher sein, daß wir das Down-Syndrom kennen und uns keine unrealistischen Illusionen machen. Es bedeutet für uns nicht mehr jedesmal eine neue Erschütterung, wenn wir erfahren, daß unsere Anita einen sogenannten gotischen Gaumen hat und deshalb Schwierigkeit bei der Artikulation haben wird. Damit ist aber nicht gesagt, daß uns derartige zusätzliche Beeinträchtigungen, die häufig mit Mongolismus verbunden sind, nicht traurig stimmten.

Sofortige Information, echte Anteilnahme, Zuversicht und Hoffnung vermittelnde Beschreibung des Lebens mit einem Down-Kind und – wenn gewünscht – Lebensbeschreibungen sowie detaillierte Information über das Mongolismus-Syndrom erwiesen sich für uns als die wichtigsten Hilfen in dem Prozeß, unsere Anita annehmen und lieben zu lernen, die Aufgabe, die uns gestellt ist, mit Zuversicht anzupacken, und das anfängliche Selbstmitleid, das so lähmend ist und nur in eine Sackgasse führt, zu überwinden.

Natürlich spielten noch viele andere Kleinigkeiten mit, die es uns erleichterten, zu unserer lebenslangen Aufgabe ja zu sagen. Ich will sie nur kurz aufzählen:

Es spornte uns sehr an, wenn wir in den Augenblicken, in denen wir tapfer und zuversichtlich waren, dafür bewundert wurden.

Es machte uns überglücklich, wenn jemand sagte, daß

unser Baby süß sei, und wir dabei wußten, daß dies aufrichtig gemeint war. Zu spüren, daß auch andere dieses Kind annehmen und lieb haben, daß die Omas und Freundinnen es genauso gern auf den Arm nehmen und mit ihm schmusen wollen wie mit einem gesunden Kind, das war für uns eine große Hilfe.

Viele unserer Freunde sagten intuitiv und ohne die Schwierigkeit dieser Aufgabe zu leugnen, daß gerade wir sicherlich die Kraft aufbringen werden, Anita zu erziehen. Ob diese Aussage objektiv berechtigt war oder nicht, sie machte uns jedenfalls Mut und mobilisierte unsere Kräfte.

In den ersten Tagen nach dem Schock war es besonders für mich von größter Wichtigkeit, daß mir immer wieder versichert wurde, daß mich keinerlei Schuld an der Behinderung unseres Kindes trifft. Obwohl mir die genetischen Grundlagen des Down-Syndroms noch aus meinem Biologie-Unterricht bewußt waren, konnte ich es nicht oft genug hören. Für mich wäre es wohl um vieles schwerer gewesen, hätte auch nur ein Fünkchen Verschulden auf meiner Seite gelegen.

Bereits im Krankenhaus vermittelte uns der Arzt den ersten Kontakt zur örtlichen Frühförderstelle und zur Heilgymnastin, die uns dann wöchentlich besuchte. Es erleichtert sehr, wenn man anfangen kann, etwas zu tun. Zudem kann man gerade in den ersten Wochen die Fortschritte des Kindes sehr deutlich wahrnehmen.

Ein großes Problem, das bisher ausgeklammert worden war, vor das sich jedoch die Eltern eines behinderten Kindes bereits in den ersten Stunden nach der Geburt gestellt sehen, muß in diesem Zusammenhang noch angesprochen werden: Wie verhalten wir uns »den Leuten« gegenüber? Alle unsere Verwandten, Freunde und Bekannten wußten, daß wir ein Kind bekommen sollten, und warteten auf die »freudige Nachricht«, die aber in unserem Fall eben nicht freudig war. Uns hat die Hebamme noch im Kreißsaal vorsichtig dazu ermuntert, die Behinderung unseres Kindes nicht zu verheimlichen, und wir sind ihr dankbar dafür. Wenn man sich nicht vollkommen von der Außenwelt abschließen will, und das wäre für uns das Schlimmste gewesen, kann man es sowieso nicht verheimlichen, und Geheimniskrämerei macht alles nur komplizierter. Wenn man ein behindertes Kind bekommen hat, schäumt man nicht über vor Freude. Es merkt also jeder, daß etwas nicht stimmt. Nur Offenheit kann helfen, die Hemmungen abzubauen, die sowohl auf seiten der Eltern als auch auf seiten »der Leute« entstehen. Heimlichtuerei verunsichert nur und macht es allen Beteiligten, den Eltern und später auch dem Kind, nur unnötig schwer.

Hier noch einige psychologische Tips, die Eltern helfen können, ihre Situation zu bewältigen. Übrigens gebe ich mir diese Tips selbst oft wieder, besonders wenn ich traurig über die Behinderung unserer Anita bin und depressive Gedanken mich entmutigen.

Erstens müssen sich die Eltern nicht mit ihrem behinderten Kind identifizieren, und sie sollen es auch nicht. Im Klartext heißt das: Sie selbst sind nicht behindert, sie sind weiterhin ganz normale Menschen und brauchen sich deshalb nicht als Außenseiter fühlen und zu Außenseitern machen. Es ist wichtig, daß sie sie selber bleiben. Sie helfen dem Kind überhaupt nicht, im Gegenteil schaden ihm sogar, wenn sie meinen, mit ihm und für es leiden zu müssen.

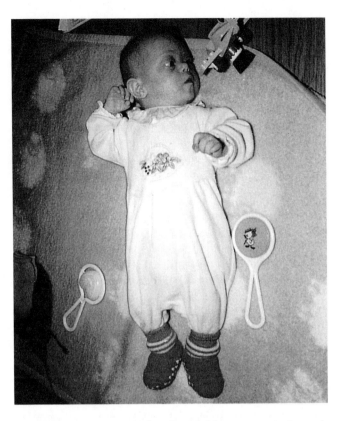

Zweitens: Das Kind selbst leidet – zumindest als Säugling und Kleinkind – nicht unter seiner Behinderung, es weiß nichts davon, ist deshalb genauso glücklich oder unglücklich wie jedes andere Kind auch. Das heißt für die Eltern, sie dürfen das ebenfalls. Sie sollen sich an den erfreulichen Seiten ihres Kindes ungetrübt freuen. Wenn das Baby sie zum ersten Mal anlacht, sollen sie sich die Freude darüber nicht dadurch trüben, daß sie gleich wieder an seine Behinderung denken. Eine solche aufrichtige Freude an ihrem Kind hilft ihm gleichzeitig am besten, ein gesundes Selbstwertgefühl zu entwickeln, das es später brauchen wird, wenn es einmal sein Anderssein spürt.

Drittens hat es keinen Sinn, sich in den ersten Lebensmonaten schon darüber Sorgen zu machen, was in ein paar Jahren sein wird, welche Schwierigkeiten das Kind einmal im Kindergarten, in der Schule oder während der Pubertät hat. Diese Sorgen kosten nur unnötig Kraft.

Wie kann man den Schock bewältigen?

Wenn ein behindertes Kind zur Welt kommt, werden nicht nur alle Zukunftspläne der Eltern erschüttert, sondern – je nach Persönlichkeitsstruktur in unterschiedlichem Ausmaß – sogar das Selbstwertgefühl der Eltern selbst. Dies kann sich in den verschiedensten Formen äußern. Unbegründete und diffuse Schuld- oder Versagergefühle machen sich leicht breit. Diese gilt es einzudämmen, da sie das Unglück nur verschlimmern. Ich habe bereits beschrieben, wie wichtig es für mich war, immer wieder zu hören, daß mich keine Schuld an der Behinderung meines Kindes trifft. Obwohl der intellektuelle Bereich in mir das wußte, neigte dennoch mein emotionaler Bereich – ich will hier zur Veranschaulichung diese künstliche Trennung machen – lange Zeit dazu, in mir ein unbestimmtes Schuldgefühl aufkommen zu lassen. Als Mutter fühlt man sich als Ursprung des neuen Lebens, deshalb ist es verständlich, wenn sich die Mutter auch als Ursprung der Behinderung fühlt.

Ein solches Schuldgefühl lähmt jedoch die Kräfte der Mutter und ist darüber hinaus bei allen Behinderungen, die auf Chromosomenschäden zurückzuführen sind, völlig unbegründet. Auch wenn das Alter der Mutter als Grund für die Chromosomenaberration angeführt wird, ist die Mutter dennoch nicht daran schuld! Deswegen muß unbedingt darauf geachtet werden, daß bei der Beantwortung der Frage nach dem Warum der Behinderung streng unterschieden wird zwischen der statistischen Tatsache, daß mit zunehmendem Alter der Eltern (nicht nur der Mutter) das Risiko eines Chromosomenschadens steigt, und der Tatsache, daß die Eltern nicht Urheber dieser Behinderung sind, da sie ja keinerlei Einfluß auf die Vorgänge bei der Zellteilung haben. Fortgeschrittenes Alter der Eltern ist nicht die Ursache der Behinderung, allenfalls nur ein Faktor, der die Wahrscheinlichkeit eines Chromosomenschadens erhöht. Man darf die Eltern nicht zusätzlich noch mit dem Vorwurf belasten, warum sie »in ihrem Alter« noch Kinder bekommen, oder gar, warum sie denn das Kind nicht haben abtreiben lassen. Der Blick muß auf die Zukunft gerichtet werden und nicht auf die Vergangenheit, an der man ohnehin nichts mehr ändern kann.

Versagergefühle äußern sich etwas anders und wohl bei allen Eltern unterschiedlich. Ich hatte in den ersten Wochen immer das Gefühl, eigentlich kein richtiges Baby geboren zu haben. Immer wenn mir jemand »herzliche Glückwünsche zum freudigen Ereignis« aussprach, hatte ich das Empfinden, mich entschuldigen zu müssen, sagen zu müssen, daß ich eigentlich gar kein richtiges Baby habe. Irgendwo im Hinterkopf hatte ich die Vorstellung, diese Glückwünsche nicht annehmen zu können und sie dem Gratulanten zurückgeben zu müssen, da es sich um einen Irrtum handle. Erst allmählich lernte ich, daß solche Glückwünsche auch in meinem Fall – wenn nicht sogar hier in besonderem Maße – gelten und berechtigt sind.

Versagergefühle, die sich auch ganz anders zeigen können, sind aber gefährlich. Die irrige Vorstellung, bei der Zeugung und Geburt des behinderten Kindes versagt zu haben, führt leicht zu dem Schluß, als Frau bzw. als Mann versagt zu haben, irgendwie schlechter als andere zu sein. Selbstablehnung ist da leicht die Folge. Aber was wollen Eltern, die sich selbst ablehnen, ihrem Kind geben? Solange sie sich selbst ablehnen und sich als Eltern für Versager halten, werden sie ihr Kind nicht annehmen können.

In diesem Zusammenhang ist, glaube ich, klar geworden, wie wichtig es ist, daß die psychische Situation der Eltern wieder ins Lot kommt. Es darf also keine Vorwürfe – ausgesprochen oder unausgesprochen – des sozialen Umfelds der Eltern geben; oder wenn diese doch vorhanden sind, müssen sich die Eltern dagegen immunisieren. Sie sind nicht schuld; sie sind keine Versager. Im Gegenteil, im Laufe ihres Lebens werden sie nun zu wesentlich größeren Leistungen fähig sein als diejenigen, die ihnen solche Vorwürfe machen.

Es liegt auf der Hand, wie wichtig es hier ist, daß sich die Eltern nicht gegenseitig die Schuld an ihrem Unglück in die Schuhe schieben. Besonders Paare, die der bewußten Auseinandersetzung mit ihrer Situation aus dem Weg gehen, sind leicht in der Gefahr, irgendwie dem anderen Partner die Schuld zuzuschieben. Ihnen muß klar sein, daß das nichts bringt. Keiner kann sich vor der

Aufgabe drücken, die sich ihm als Vater oder Mutter eines behinderten Kindes stellt. Ist es denn nicht einleuchtend, daß sie gemeinsam die Aufgabe viel besser bewältigen können? Man braucht sich nicht zu scheuen, miteinander über die Angst und Verzweiflung zu sprechen. Im Gespräch entstehen vielleicht auch wieder neue Hoffnungen. Ich habe oben schon von der Trauer um die verlorene Zukunft gesprochen. Die Eltern müssen miteinander diese Trauer teilen und diesen Verlust verarbeiten, dann entsteht wie von selbst der Anfang einer neuen Zukunft, auf die man sich ebenso freuen kann wie auf die, die man verloren hat.

Trauer um die verlorene Zukunft

Unsere Zukunftspläne waren mit einem Mal zusammengefallen wie ein Kartenhaus. Unser Leben erschien uns hoffnungslos, und wir wußten nicht, wie wir nun eine neue, positive Vorstellung von der Zukunft aufbauen sollten. Wie nach dem Verlust eines geliebten Menschen hatten wir das Gefühl, vor dem Nichts zu stehen, und fühlten eine tiefe Traurigkeit. Und wie bei der Trauer um einen Toten muß man auch bei der Trauer um die verlorene Zukunft verschiedene Phasen durchmachen, muß sich das Enttäuschtsein und das Traurigsein zugestehen.

In der Schwangerschaft hat man ja schon mit dem Kind gelebt, es war bereits als Person da, war in unserer Vorstellung schon in unsere Familie hineingewachsen. Wir hatten unserer älteren Tochter – sie war damals zwei Jahre – schon viel von dem Baby erzählt, das in Mamis Bauch wächst. Wir hatten uns vorgestellt, wie es wohl aussehen würde, und waren dabei davon ausgegangen, daß es selbstverständlich ein ebenso süßes Baby werden würde, wie unser erstes Kind es gewesen war. In Gedanken hatte ich mir auch oft schon vorgestellt, wie ich es anstellen würde, daß Johanna sie nicht als Rivalin sieht und auf welche Weise ich beide Kinder zu ihrem Recht kommen lassen würde. Anita war also bereits in unserer Familie gegenwärtig, bevor sie zur Welt kam.

Zu erfahren, daß dieses Baby, das ich neun Monate in meinem Bauch getragen hatte, behindert sei, war ein Schock, den man vielleicht mit der Nachricht eines schweren Unfalls eines Kindes vergleichen könnte. Die Mitteilung der geistigen Behinderung bedeutete für uns den Verlust jenes Babys, auf das wir uns eingestellt hatten, mit dem wir auf gewisse Weise schon gelebt hatten. Jenes Baby gab es nicht, es war für uns gestorben. Dafür hatten wir nun ein Kind, das wir noch gar nicht einschätzen konnten, von dem die wüstesten Vorstellungen in unserem Kopf herumschwirrten. Wir standen nun vor einer zweifachen Aufgabe: den Verlust des Babys unserer Vorstellung zu verarbeiten und uns auf das ganz andere, völlig unerwartete Kind einzustellen.

Wie man beim plötzlichen Tod eines geliebten Menschen den Verlust zunächst nicht wahrhaben will, so wehrten auch wir uns dagegen, zu akzeptieren, daß das Kind unserer Vorstellung nicht (mehr) existierte. Irgendwie meinten wir, wenn wir es uns nur fest genug wünschten, würde sich das ganze Unglück in ein paar Tagen als ein böser Traum entpuppen. Wenn wir nur ja die gedankliche Beziehung zu dem Kind unserer Vorstellung nicht aufgäben, würde es doch noch kommen. Natürlich waren solche Gedanken irrational, aber sie drücken den inneren Gefühlszustand aus, den man mit rationalen Überlegungen nicht wegargumentieren kann.

Diese Trauer muß man aufarbeiten. Es gibt ja den Begriff der Trauerarbeit, der die Einsicht ausdrückt, daß man nach dem Tod eines nahestehenden Menschen nur dann wirklich weiterleben kann, wenn man die Trauer aufarbeitet, damit sie nicht als unterdrücktes und verdrängtes Gefühl zu einem Dauerzustand unseres Lebens wird. Genau dasselbe gilt in gewisser Weise bei der Geburt eines behinderten Kindes. Man muß bewußt und intensiv Abschied nehmen von dem Kind, das man sich neun Monate lang vorgestellt hat, von all den Erwartungen und Zukunftsbildern von diesem Kind. Man muß sich eingestehen, vielleicht sogar ausmalen, was man verloren hat. Kurz gesagt: den Verlust durcharbeiten.

Hier höre ich schon das Argument vieler Menschen, die Angst vor Gefühlen haben und meinen, damit verschlimmere man doch nur noch die Niedergeschlagenheit und Trauer. Das mag für den Augenblick schon stimmen, aber wenn ich diese Phase überwunden habe, finde ich wieder neuen und festeren Boden unter den Füßen. In dieser schweren Phase der Verzweiflung gilt es festzustellen, wie groß der Schaden überhaupt ist, wie tief der Verlust eigentlich geht. Bei dieser Frage bleibt irgendwo ein Rest, und sei er im Moment auch noch so klein, der durch die Enttäuschung über die Geburt meines behinderten Kindes nicht total zerstört ist, an dem ich auch den Wiederaufbau beginnen kann. Habe ich den Mut nicht, bis ganz nach unten zu bohren, baue ich ja auf Ruinen, die vielleicht nicht lange tragen werden.

Eins stand für mich fest: Ich wollte irgendwann wieder einmal glücklich sein können. Ich war mir noch zu jung für ein »gebrochenes« Leben. Ich wollte meine Zukunft nicht aufgeben. Und nicht nur meine Zukunft nicht. Wir hatten ja auch noch unsere ältere Tochter Johanna. Wie sollte sie denn ein hoffnungsvoller Mensch werden, wenn ihre Eltern das Gefühl haben, ihr Leben sei nur noch ein großer Scherbenhaufen?

Die Aufarbeitung dieses Verlustes stellt gleichzeitig die Voraussetzung dafür dar, das behinderte Kind anzunehmen. Man muß sich von den ganzen Vorstellungen und Erwartungen, die man während der Schwangerschaft von dem Baby hatte, verabschieden. Erst dann kann man anfangen, neue Vorstellungen aufzubauen. In dieser Phase habe ich Bücher über das Down-Syndrom wahrhaft verschlungen. Ich wollte wissen, wie ich mir nun dieses Kind vorstellen durfte und sollte. Ich wollte mir ein Bild aufbauen, das einigermaßen realistisch war. Es sollte diesem kleinen Menschen gerecht werden, von dem ich eigentlich gar nichts wußte, nur wußte, daß er das nicht war, was ich mir vorgestellt hatte. Ich wollte ein Bild aufbauen, das Anita nicht überforderte, sie aber auch nicht unterschätzte. Als Lehrerin weiß ich, daß nur ein optimales Anspruchsniveau einen optimalen Lernerfolg erzielen kann: Überforderung ebenso wie Unterforderung wirken demotivierend. Und die Motivation eines behinderten Kindes entscheidet weitgehend über das Ausmaß der tatsächlich sich ergebenden Behinderung.

Anita hat sich ihre Behinderung nicht ausgesucht. Sie hat keine Wahl. Sie muß als mongoloider Mensch leben. Aber deshalb hat sie auch das Recht, als solcher leben zu dürfen. Gerade dieses Recht würden wir ihr jedoch vorenthalten, wenn wir innerlich an der Vorstellung jenes Babies in meinem Bauch kleben blieben und folglich –

wenn auch unbewußt – ständig versuchten, sie doch noch darauf hinzubiegen.

Wohl waren nun also einige unserer Zukunftsvorstellungen vernichtet, aber es zeigten sich bald Anzeichen eines neuen Anfangs, der auf seine Weise sehr vielversprechend war. Einen Teil des notwendigen Trostes gab uns unsere neugeborene Anita selbst. Wenn sie in meinem Arm lag, spürte ich: »Ganz egal wie die Zukunft aussehen mag, hier ist ein hilfloses kleines Baby, das – wie jedes andere Baby auf dieser Welt – darauf angewiesen ist, von einer Mutter umarmt, gestillt und beruhigt zu werden. In die Zukunft konnten wir sowieso nicht greifen. Also warum nicht das Naheliegendste tun und dem Kind das geben, was es brauchte? Egal ob ich später einmal den Belastungen gewachsen sein werde oder nicht: Was ich jetzt kann, ist, Anita so zu behandeln wie jedes andere Baby auch. Alles andere wird sich schon ergeben.« So war ich immer bereits ein wenig getröstet, wenn Anita bei mir war. Und tatsächlich konnte sie uns doch im Moment mit ihren kleinen Händchen, ihrer zarten Haut, ihrer Hilflosigkeit und ihrem fraglosen Vertrauen in die Geborgenheit bei uns genauso viel Elternglück schenken wie jedes andere Kind.

Frühförderung und die Beziehung zum Kind

Am Anfang ist die Beziehung zum Kind das Wichtigste und gleichzeitig Schwierigste. Die meisten Eltern trifft die Nachricht von der Behinderung ihres Kindes wie ein Blitz aus heiterem Himmel, der all ihre Zukunftspläne und -vorstellungen zu zerstören droht. Da ist es nicht so leicht, dieses kleine »Etwas« gern zu haben. Manchmal wünscht man sich, man könnte alles rückgängig machen, noch einmal schwanger werden und ein gesundes Kind haben. Nicht selten dauert es Monate, bis man bereit ist, sich in sein Schicksal zu fügen. Aber solange man noch am liebsten davonlaufen und mit dem behinderten Kind nichts zu tun haben will, solange kann sich auch keine echte Liebe zu ihm entwickeln. Kinder sind jedoch sehr sensibel dafür, ob sie wirklich geliebt werden oder ob die Zuneigung, die sie bekommen, nur geheuchelt ist. Die erste große »Leistung« der Eltern in der Frühförderung ihres Kindes ist, es aufrichtig zu lieben. Damit ist bereits die wichtigste Voraussetzung für eine optimale Entfaltung der Möglichkeiten des Kindes geschaffen. Daß dies bereits eine Leistung von enormer Bedeutung ist, kann gar nicht oft genug herausgestellt werden. Alle Bemühungen um das Kind sind zum Scheitern verurteilt, wenn es sich nicht geliebt und geborgen fühlt. Die Liebe und Geborgenheit der Eltern schafft sozusagen den Raum, in dem sich das Kind frei, sicher und unbekümmert entfalten kann.

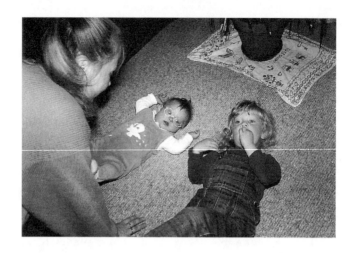

Wie findet man jedoch zu einer solchen aufrichtigen Elternliebe, wenn man gleichzeitig weiß, daß die Erziehung und Pflege dieses Kindes viel Kraft und Zeit beanspruchen wird? Hier ist es entscheidend, daß man nicht übertreibt, wenn man sich vor dem geistigen Auge seine Zukunft vorstellt. Man neigt gern dazu, alles nur noch grau in grau zu sehen; als ob alle Urlaubs-, Berufs- und sonstigen Pläne nun durchkreuzt wären und man zu lebenslangem Unglück und selbstloser Aufopferung verdammt wäre. Das Leben mit einem Down-Kind unterscheidet sich bei weitem nicht so grundlegend von dem einer Familie mit gesunden Kindern.

Man kann sich auch in Elternliebe einüben, wenn man das behinderte Baby genauso behandelt wie ein gesundes, mit ihm schmust und spielt, es streichelt und liebkost, mit ihm spricht und ihm vorsingt. Eltern behinderter Kinder können bei diesem Liebesspiel mit ihrem Kind im Gegensatz zu den meisten Eltern gesunder Kinder noch dazu die Gewißheit haben, daß all dies bereits Teil der Frühförderung ist. Sie brauchen nicht Angst zu haben, ihr Kind damit unzulässig zu verwöhnen, was immer das heißen soll. Alles, was ihrem Kind Freude macht, was seine Sinne anregt und stimuliert, ist bereits Frühförderung. Frühförderung sollte im Familienleben kein isolierter Teil sein, sondern allgegenwärtig und selbstverständlich, ohne dabei das Zusammenleben zu funktionalisieren. Es geht ja nicht um isolierte Übungsprogramme, die das behinderte Kind zum Funktionieren bringen sollen, sondern darum, dem Kind optimale Entfaltungschancen zu geben, in denen es seine Fähigkeiten und seine Persönlichkeit so gut wie möglich ausbilden kann. Auch wenn sich die Beschreibung von einzelnen Elementen der Förderung sehr technisch liest, gilt dabei der Grundsatz Goethes: Es muß von Herzen kommen, was auf Herzen wirken soll.

Der Ansatz der Frühförderung

Wie durch verschiedene Experimente belegt werden konnte, hat unser Gehirn eine wesentlich größere Kapazität, als tatsächlich ausgelastet wird. Es ist sozusagen immer eine enorme Reserve vorhanden. Diese Tatsache macht man sich bekanntlich bei der Rehabilitation von Unfallopfern oder Patienten, die einen Schlaganfall erlitten haben, zunutze. Durch stetiges Training wird sozusagen die Funktion der ausgefallenen Bereiche des Gehirns von anderen, nicht ausgelasteten Teilen übernommen.

Die Frühförderung versucht wie die genannte Rehabilitation das ungenutzte Potential des Gehirns zu aktivieren, um durch die Ausschöpfung der Fähigkeit eines größeren Prozentsatzes der Nervenzellen im Gehirn das Defizit auszugleichen.

Bekanntlich ist Trisomie 21 mit einem geringeren Muskeltonus verbunden, der auf einen geringeren Erregungszustand aller Nervenzellen (Neuronen) zurückzuführen ist. Die Neuronen geben die Impulse langsamer weiter. Das ist eine Erklärung für die geistige Behinderung, die sich aus der Trisomie 21 ergibt. Ziel der Frühförderung ist es deshalb, durch intensivere und häufigere Erregung der Neuronen das Gehirn dennoch zu möglichst optimaler Aktivität zu stimulieren. Wenn die Neuronen langsamer reagieren und deshalb länger brauchen, bis sie sich mit anderen Neuronen zu Assoziationen verbinden, dann bemüht man sich, eben durch häufigere Stimulierung doch die gewünschten Verknüpfungen herbeizuführen. Frühförderung will also prinzipiell nichts anderes als jeder normale Umgang mit einem Säugling oder Kleinkind, aber bewußter, gezielter, ausdauernder und geduldiger, als man es bei einem gesunden Baby automatisch macht.

In den ersten Lebensjahren lernt ein Mensch am meisten. Die Disposition seines Gehirns wird für die Zukunft geprägt. Es ist also entscheidend, seine Aktivität möglichst früh anzuregen, um die sensiblen Phasen auszunutzen, in denen ein Lernerfolg optimal verläuft.

Konkret geht die Frühförderung folgendermaßen vor: Anhand eines Überblicks, der die Entwicklung eines Säuglings und Kleinkindes in den aufeinander folgenden Schritten und den verschiedenen Funktionsbereichen (Sitzen, Laufen, Krabbeln, Sprachverständnis, Sprache, Wahrnehmung, Sozialverhalten und Selbständigkeit) aufzeigt, stellt man zunächst fest, auf welcher Stufe sich das Kind zur Zeit befindet, welcher Entwicklungsschritt nun der nächste sein sollte, und überlegt dann, durch welche Übungen und mit welchen Hilfestellungen dieser erreicht werden kann.

Den sehr theoretischen Vorspann werde ich im folgenden anhand einzelner Bereiche und Beispiele veranschaulichen. Grundlegend ist dabei immer das Prinzip: Jede Stimulierung oder Anregung ist für das Kind sinnvoll, wenn sie seinem Entwicklungsstand entspricht und es in verschiedenster Hinsicht dazu anregt, Erfahrungen zu machen, Vertrautes einander zuzuordnen, seine eigenen Fähigkeiten und die Umwelt zu entdecken und insgesamt aufnahmebereit und interessiert auf die Dinge zuzugehen. Daß dazu das Gefühl der Geborgenheit und Sicherheit erste Voraussetzung ist, versteht sich von selbst.

Die Bedeutung des Streichelns

Bei der Geburt weiß ein Säugling von der Welt noch nichts. Alles muß er erst Schritt für Schritt kennenlernen und erfahren. Zunächst kann er auch seine Sinneseindrücke noch nicht deuten. Er weiß noch nicht, daß eine Rassel eine Rassel ist. Er hat noch keine Vorstellung von den Dingen. Allmählich aber, je öfter er eine Sache oder eine Person sieht, desto vertrauter wird sie ihm, bis er sie schließlich beim nächsten Anblick wiedererkennt. Es ist ganz verständlich, daß er die Mutter am ehesten und am besten kennt. Sie nimmt er am meisten wahr. Ihre Stimme kennt er schon aus der Zeit der Schwangerschaft, nun wird ihm auch ihr Gesicht vertraut. Dadurch wird die enge Beziehung zu ihr ermöglicht.

Streicheln fördert die Intelligenzentwicklung
Aber nicht nur im Bereich der visuellen Wahrnehmung muß das Baby seine Umwelt erst kennen und deuten lernen. Auch die sensorische Wahrnehmung, der Tastsinn, muß sich zunächst ausbilden. Auch hier gilt der Grundsatz: Häufige Wahrnehmung ermöglicht Deutung und Vertrautheit mit den Dingen, diese Vertrautheit wiederum steigert und differenziert die Wahrnehmung. Das Kind hat zunächst noch keine Vorstellung vom eigenen Körper. Es lernt erst mit der Zeit, daß es Hände hat und diese willkürlich bewegen kann. Gleiches gilt für die Füße und den ganzen Körper. Durch häufige Stimulierung der Wahrnehmungsorgane, also auch der Haut, wird so allmählich die Wahrnehmungsfähigkeit des Kindes aufgebaut. Wenn die Haut gar nicht oder selten stimuliert wird, wenn im Gehirn also selten Reize aus dieser Körperregion gemeldet werden, bleibt die Empfindungsfähigkeit dumpf und undifferenziert. Durch sanftes, aber doch kraftvolles Streicheln, durch Baby-Massage und durch Liebkosung werden die Reizrezeptoren der Haut angeregt und leiten bei jeder Berührung die Meldung weiter an das Gehirn, das auf diese Weise ebenfalls stimuliert wird. Dort bilden sich Assoziationen, und das Kind erfährt über das Sinnesorgan Haut eine Menge über den eigenen Körper. Die Mutter vermittelt so dem Kind Wissen über seinen Körper, was wiederum die Voraussetzung für eine willkürliche Beherrschung des Körpers, der Hände, der Füße ... darstellt. Erst muß ein Kind seine Füße entdecken, bevor es ihnen »befehlen« kann zu gehen. Möglichst viele und verschiedenartige Informationen über seinen Körper bekommen zu haben, regt die Intelligenzentwicklung an.

Streicheln fördert die körperliche Entwicklung
Da man im Säuglingsalter von einer ganzheitlichen Entwicklung im wahrsten Sinn des Wortes sprechen kann, ist Streicheln auch unabdingbare Voraussetzung für eine gute körperliche Entwicklung. Tatsächlich beweisen verschiedene Versuche diesen Zusammenhang. In der frühen Phase gibt es noch keine Intelligenz losgelöst vom Körper. Körperliche und geistige Entwicklung gehen ineinander über und bedingen einander. So regt man beim Massieren die Muskeln des Kindes an, provoziert Bewegungen, ermöglicht Entspannung oder fordert Gegendruck heraus. Dabei kann, wenn es dem Kind Spaß macht, aus der Massage ein kleines isometrisches Spiel von Druck und Gegendruck werden, das die Muskeln kräftigt und Mutter und Kind mit Stolz darüber erfüllt, wie viel Kraft der kleine Mensch schon besitzt. Insbesondere bei der Kräftigung der typischerweise schwach ausgebildeten und wenig flexiblen Schulter- und Brustmuskulatur setzte ich auf die Wirkung von Massage und isometrischer Übungen.

Streicheln vermittelt Selbstwertgefühl
Streicheln fördert aber nicht nur die körperliche und geistige Entwicklung des Babys, sondern ist noch mehr lebenswichtige Nahrung für seine Seele. Die Haut ist das Sinnesorgan des Babys schlechthin, über das es erfährt, daß es geliebt wird. Es gibt für das Baby keine Liebe außerhalb von Hautkontakt, Streicheln und Liebkosung. Die Mutter kann dem Kind zunächst auf keine andere Weise ihre Zuneigung zeigen. Körperkontakt ist somit das Medium der Liebe. Nur wenn das Kind gestreichelt und liebkost wird, fühlt es sich geliebt und

angenommen. Nur wenn es sich schon in den ersten Lebenswochen geliebt und angenommen fühlt, kann es sich später einmal selbst annehmen, zu sich selbst ja sagen. Dieses Ja zu sich selbst ist aber nichts anderes als das fundamentale Selbstwertgefühl, ohne das man nicht leben kann, ohne das man früher oder später zugrunde gehen wird, weil man das Leben nicht meistern zu können glaubt.

Jene Momente, in denen das behinderte Kind seine Behinderung wahrnimmt und spürt, daß es anders ist als die anderen und daß es mit den anderen in vielen Bereichen nicht mithalten kann, sind wohl die schwersten und traurigsten in seinem Leben. In solchen Augenblicken ist ein im tiefsten unerschütterliches Selbstwertgefühl, das Ja zu sich selbst, die einzige Hilfe. Denn in diesen Momenten spüren die Eltern, daß sie ihrem Kind die Behinderung nicht abnehmen können. Dann kommt es darauf an, ob sie ihrem Kind bereits in den ersten Lebensjahren Selbstwertgefühl und eine tiefe Freude am Leben vermitteln konnten oder nicht.

Verstärkung und Verstärkungspläne

Ganz bewußt steht am Anfang meines Erfahrungsberichtes die Beschreibung der Notwendigkeit einer tiefen und herzlichen Beziehung zum Kind. Jede Fördermethode, die nicht auf einer solch innigen Beziehung beruht, läuft Gefahr, zu einer Dressur zu werden, bei der der Erfolg alles, aber das Kind nichts zählt. Welchen Wert derartige Methoden haben, kann jeder selbst beurteilen. Wenn nun im folgenden meine Übungen mit Anita sehr nüchtern und beinahe berechnend dargestellt werden, ist dies immer auf dem Hintergrund einer wachsenden engen Beziehung zu verstehen. Echte Liebe und gezielte Förderung stellen meines Erachtens die ideale Kombination dar.

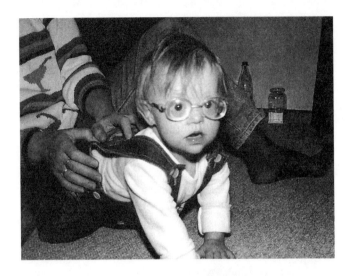

Verstärkung ist ein zentraler Begriff aus der behavioristischen Schule der Verhaltensforschung und Lernpsychologie. Obwohl es hier nicht um Wissenschaft gehen soll, scheint es mir dennoch erforderlich, diesen Begriff zu verwenden. Was heißt »Verstärkung«? Der amerikanische Wissenschaftler Skinner prägte den Begriff und verwendete ihn ganz einfach für alles, was bewirkt, daß ein Lebewesen eine Verhaltensweise wiederholt. In diesem Sinn ist ein Knochen ein Verstärker, wenn ein Hund ihn bekommt, nachdem er mit dem Schwanz gewedelt hat, und er deshalb wieder mit dem Schwanz wedelt.

Wohl gemerkt, wenn er auf die Darreichung des Knochens hin nicht erneut mit dem Schwanz wedelt, war der Knochen kein Verstärker! Verstärker ist also nicht das gleiche wie Belohnung. Mit einer Belohnung wird zwar meist beabsichtigt, daß das Lebewesen eine Verhaltensweise wiederholt, aber sie hat nicht unbedingt diesen gewünschten Effekt. Einem Schulkind 5 DM für eine »Eins« zu geben, ist wohl eine Belohnung, ob das aber seinen Lerneifer verstärkt, ist fraglich. Eine solche Belohnung kann auch zur Folge haben, daß der Schüler in Zukunft noch geschickter im Abschreiben vom Nachbarn wird.

Laut Skinner kann man jede vom Organismus einmal gezeigte Verhaltensweise verstärken, wenn man einen geeigneten Verstärker findet und ihn unverzüglich, d. h. unmittelbar nach der gewünschten Verhaltensweise, einsetzt. Bei Tieren gilt in der Regel Futter als universaler Verstärker (wirkt jedoch auch nur, wenn sie hungrig sind). In unserem Fall interessiert uns allerdings nur, welche Verstärker man bei Kindern und Babys einsetzen kann und auf welche Weise.

Nehmen wir einmal an, ein Baby im zweiten bis dritten Lebensmonat soll lernen, in der Rückenlage den Kopf von einer Seite auf die andere zu drehen, um mit den Augen einen Gegenstand verfolgen zu können. Bei normal ausgeprägter Eigenaktivität und Motivation des Kindes wirkt es bereits als Verstärker, wenn das Kind einmal erfolgreich war; dann wird es immer wieder versuchen, den Kopf zu drehen, um dem Gegenstand nachsehen zu können – solange, bis es diese Bewegung beherrscht.

Verstärkungspläne
Muß sich ein Kind aber dafür zu sehr anstrengen, ist es zu oft erfolglos oder ist seine allgemeine Motivation zu gering, so reicht die natürliche Verstärkung durch den Erfolg nicht aus. Die Verhaltensweise muß also intensiver verstärkt werden. Am besten ist es, wenn bereits die ersten Ansätze, die erste Kopfbewegung in die richtige Richtung etwa, verstärkt werden. Aber wodurch? Wenn man bedenkt, wie wichtig jeder Körperkontakt und jeder Kuß für ein Kind sind, so kann man annehmen, daß Streicheleinheiten als Verstärker wirken können. Bei meiner Tochter haben sich diese Überlegungen als überraschend fruchtbar erwiesen. Sie erwarb die oben beschriebene Kopfdrehung an einem Abend, nachdem ich mehrere Tage relativ erfolglos versucht hatte, sie zu üben. Jedesmal, wenn sie ihr Köpfchen ein bißchen drehte, um der Rassel in meiner Hand nachzuschauen, bekam sie von mir sofort einen Kuß auf die Wange, wobei ich noch dazu ihr Köpfchen sanft weiter in die gewünschte Richtung drückte. So ging es zehn oder fünfzehn Mal: bis sie diese Bewegung erworben hatte. Da aber eine Verhaltensweise besser behalten wird, wenn sie nicht jedesmal verstärkt wird, bekam sie ihren Kuß nun nur noch jedes zweite oder dritte Mal, dann immer seltener und in unregelmäßigen Abständen. Das nennt man »unregelmäßigen Verstärkungsplan«. Die beiden Grundsätze der behavioristischen Lernpsychologie, daß Verhaltensweisen bei ständiger und regelmäßiger Verstärkung am besten erworben werden und daß sie bei unregelmäßiger und seltener Verstärkung am besten behalten werden, wurden damit in meinem Erziehungsalltag bestätigt.

Schrittweiser Aufbau gewünschter Verhaltensweisen
a) »Shaping«

Manchmal ist es offensichtlich überraschend einfach, dem Kind gewünschte Verhaltensweisen beizubringen. Handelt es sich um kompliziertere Bewegungen, z.B. einen Gegenstand vor den Augen mit der Hand zu ergreifen, so wird man diese vereinfachen oder Hilfestellungen geben. Man kann beispielsweise die Hand des Kindes anfänglich führen, ihr später nur noch einen Impuls in die richtige Richtung geben, bis das Kind die Bewegung alleine kann. Wichtig ist dabei, daß auch die Teilschritte, wie oben beschrieben, verstärkt werden. In diesem Fall spricht die Lernpsychologie von »shaping«, das bedeutet, man gibt einer Verhaltensweise nach und nach die gewünschte Form. Aber wohl gemerkt, bereits der Erfolg einer Bewegung hat verstärkende Wirkung, und diese Verstärkung ist anderen Formen vorzuziehen. Nur wo sich Erfolg zu selten oder zu wenig deutlich einstellt, ist anderweitige Verstärkung erforderlich.

b) »Fading«

Eine andere Möglichkeit, eine schwierigere Verhaltensweise zu erwerben, ist das sogenannte »fading«. Für das erst ein paar Wochen alte Baby bedeutet Licht einen viel größeren Reiz als etwa eine bunte Rassel. Will man ihm nun beibringen, einen Gegenstand mit den Augen zu verfolgen und dabei sein Köpfchen zu drehen, und stellt dabei fest, daß es auf die bunte Rassel zu wenig reagiert, so kann man annehmen, daß die Rassel einen zu geringen Reiz darstellt, sie ist für das Baby einfach noch zu wenig interessant. Man wählt deshalb einen stärkeren Reiz, etwa eine Taschenlampe als Lichtquelle, über die man zudem noch rotes Seidenpapier stülpen kann, um es noch interessanter zu machen. Auf diesen Reiz reagierte meine Tochter viel stärker. Rotes Licht war für sie einfach unwiderstehlich, ihr Köpfchen folgte der Lichtquelle beinahe automatisch. Allmählich reduzierte ich die Stärke der Lichtquelle, indem ich mehrere Lagen Seidenpapier darüber legte und dunklere Farben wählte, bis ich schließlich auch mit einer knallroten Rassel erfolgreich war. So hatte ich, behavioristischen Prinzipien folgend, die Stärke der Reizquelle reduziert.

Meine Erfahrungen stammen bisher aus der Zeit der ersten Lebensmonate meiner Tochter. Die skinnerschen Prinzipien der Verstärkung wirken aber noch genauso in späteren Jahren, bis in die Pubertät hinein. Aber wie die gewünschten Verhaltensweisen sind auch die Methoden ihrer Verstärkung komplexer und damit auch komplizierter darzustellen. Als relativ einfaches Beispiel aus dem Umgang mit einem zwei- bis dreijährigen gesunden Kind will ich nur das »Dankesagen« anführen. Meine zweijährige gesunde Tochter lernte es ganz einfach ohne Zwang und Quälerei dadurch, daß ich zunächst bei jeder Gelegenheit zu ihr »danke« sagte (Lernen am Modell) und dann, als sie selbst »danke« sagte, ihr jedesmal mit einem hocherfreuten und deutlichen »bitte«, »aber bitte« antwortete. Diese Antwort war Verstärker genug für sie.

Unerwünschte Verstärkung
Nach dem bisher Gesagten scheint Verstärkung ein Wundermittel in der Erziehung zu sein. In der Tat ist es viel erfolgreicher als die übliche Methode mit Strafe und Belohnung, die beide zeitlich meist viel zu spät auf die Verhaltensweisen folgen. Selbst eine Lieblingsspeise ver-

stärkt den Eifer beim Tischdecken kaum, wenn das Kind sie erst eine halbe Stunde später bekommt. Aber leider hat man als Erzieher mit den Verstärkern auch seine liebe Not. Man hat sie nämlich häufig nicht unter Kontrolle. Sagt ein Kleinkind, weil es das aufgeschnappt hat, beim Kaffeekränzchen einmal zur Tante »Du bist 'ne alte Hütte« und alle lachen über die drollige Bemerkung, so kann man sicher sein, daß es diesen Spruch öfter mal an den Mann bzw. an die Tante bringen wird, auch wenn man es dann nicht mehr sehr lustig findet.

Löschen unerwünschter Verhaltensweisen
Tatsächlich erwerben unsere Kinder einen Großteil ihrer unerwünschten Verhaltensweisen auf solche Weise, und man muß als Eltern dabei oft ohnmächtig zusehen. Derart erworbene »Untugenden« wieder zu löschen erweist sich als recht schwierig, da man Verstärkung durch das Lachen umstehender Menschen kaum verhindern kann. Immerhin kann man versuchen, daß man nicht selbst auch noch – durch unüberlegte Reaktionen – unliebsames Verhalten verstärkt. Spuckt das Kind auf das Küchenpflaster, sollte man erst schlucken, bevor man zu schimpfen beginnt, und versuchen, diese Verhaltensweise am besten dadurch abzubauen, daß man sie gar nicht beachtet. Vielleicht spuckt das Kind, weil es Aufmerksamkeit erregen will. In dem Fall würden Sie durch Schimpfen Ihr Kind in seinem Verhalten nur verstärken. Es hätte den vom Kind gewünschten Erfolg gehabt. Tun Sie aber, als ob sie nichts bemerkten, und lassen Sie Ihr Kind einige Male noch auffälliger und heftiger spucken, dann haben Sie vielleicht Glück, und Ihr Kind merkt, daß es Sie durch Spucken nicht provozieren kann, und

hört auf. Wichtig ist nur, daß Sie mit dem Ignorieren mehr Ausdauer zeigen als Ihr Kind. Aber was soll man tun, wenn das Kind bei Bekannten auf den teuren weißen Wohnzimmerteppich spuckt? Ignorieren als Methode, um eine unliebsame Verhaltensweise zu löschen, ist – wenn konsequent durchgehalten – zwar erfolgreicher als Strafe und hat obendrein keine negativen Begleiterscheinungen wie Angst und Einschüchterung, läßt sich aber in vielen Fällen eben nicht durchhalten.

Um Mißverständnissen vorzubeugen: Auch das behinderte Kind hat eine Seele und versucht seine seelischen Bedürfnisse auzudrücken. Man muß sich daher gleichzeitig auch fragen, warum das Kind versucht, Aufmerksamkeit zu erregen. Vielleicht wird es tatsächlich zu wenig beachtet. Dann sollte man sein Bedürfnis zur Kenntnis nehmen und befriedigen, bevor es durch Fehlverhalten Aufmerksamkeit erzwingt. Fehlverhalten ist in der Regel ein Signal, eine körperliche Sprache, die ernst genommen werden muß.

Die Bedeutung der Motivation

Motivation ist eines der Schlüsselworte der Frühförderung. Erfolg und Durchhaltevermögen in der Frühförderung hängen ganz zentral von der Motivation des Kindes und der Eltern ab. Die Motivation der Eltern wollen wir hier einmal voraussetzen. Wenn sie sich ihrer Verantwortung für ihr Kind stellen und ihr Kind lieben, sind sie schon ausreichend motiviert. Natürlich ist Selbstdisziplin der Bezugsperson insofern erforderlich, als ihr nicht jede Ausrede für ein Ausfallenlassen der »Übungsstunde« recht sein darf.

In vielen Fachbüchern zum Thema Down-Syndrom kann man lesen, mongoloide Kinder seien im Vergleich zu gesunden Kindern weniger motiviert, sich zu bewegen, an der Umwelt Anteil zu nehmen, zu lernen. Ich selbst will mich in der Erziehung meiner Tochter mit dieser Aussage nicht zufrieden geben, denn es ist eine lernpsychologisch erwiesene Tatsache, daß auch Motivation – wenigstens zum Teil – erworben ist. D. h. Motivation oder Mangel an Motivation ist kein unerschütterlich vorgegebenes Faktum, mit dem man sich nun einmal abfinden müsse. Ganz im Gegenteil! Sie hängt von verschiedenen äußeren und inneren Faktoren ab.

Zugegebenermaßen bedingt der geringe Muskeltonus einen geringeren Bewegungsdrang des Babys. Insofern ist es berechtigt, von weniger Eigenaktivität beim mongoloiden Kind zu sprechen. Aber Motivation ist mehr als das. Und: Motivation muß für jedes Verhalten und jede Leistung neu gegeben werden. Im folgenden will ich nun einige wichtige Faktoren aufführen, die zur Lern- und Leistungsmotivation beitragen bzw. sie vermindern.

Erfolgserlebnisse bzw. Frustration

Erfolg spornt an zu neuen Leistungen, das ist eine uralte Weisheit. Mißerfolg kann u. U. auch anspornen, meist wirkt er jedoch entmutigend, insbesondere wenn Mißerfolge gegenüber Erfolgserlebnissen überwiegen. Aufgrund der körperlichen Benachteiligungen, die mit dem Down-Syndrom verbunden sind, werden bestimmte einfache körperliche Leistungen für das Kind erschwert. Die niedrigere Muskelspannung etwa erschwert die Kopfkontrolle und das sichere, freie Sitzen ungemein. Ein anderes Beispiel wäre die typische Form der Hand, bei der die Opposition von Daumen und Zeigefinger nicht so ausgeprägt ist wie beim gesunden Kind. Sie erschwert das Greifen, insbesondere den Pinzettengriff erheblich. Als logische Folge dieser körperlichen Gegebenheiten fällt es dem Down-Kind schwerer, zu sitzen oder zu greifen. Selbst wenn es sich sehr bemüht, wird es viel häufiger und länger Mißerfolgserlebnisse einstecken, bis es diese körperlichen Fertigkeiten sicher beherrscht. Wenn man aber selten Erfolg hat und wenn man noch dazu immer seine letzten Kräfte dazu aufbieten muß, ist es kein Wunder, daß die Plagerei bald keinen Spaß mehr macht.

Hier muß die Bezugsperson früh und gezielt eingreifen, um eine solche Frustration zu vermeiden. Sie muß versuchen, schon dem wenige Wochen alten Baby möglichst viele kleine Erfolgserlebnisse zu vermitteln. Das kann einerseits durch Hilfestellungen geschehen. Dabei wird das Kind z. B. in seinem Bemühen, in der Bauchlage den Kopf zu heben, dadurch unterstützt, daß die Mutter mit ihrer Hand oder ihrem Arm die Brust des Babys anhebt und stützt. So kann das Kind den Kopf wesentlich höher und länger anheben, was ihm bereits ein Erfolgsgefühl vermittelt. Durch Hilfestellungen dieser Art wird der Erreichbarkeitsgrad erhöht, sie erleichtern es dem Kind, das gewünschte Ziel zu erreichen.

Andererseits kann man das Kind bereits für kleinste Fortschritte belohnen, etwa in dem genannten Beispiel mit einem Kuß auf den Hinterkopf oder die Stirn des Kindes, jedesmal wenn es sein Köpfchen ein wenig von der Unterlage abhebt (siehe auch Verstärkung und Shaping). Auf solche Weise vergrößert man für das Kind den Anreiz des möglichen Erfolgs. Es will nämlich gerne diesen Kuß bekommen und ist eher bereit, sich dafür abzumühen, als wenn es den Kopf nur als Selbstzweck heben soll. Allerdings darf man das Kind bei diesen Hilfestellungen nicht belügen. Es braucht Erfolgserlebnisse, und die soll man ihm ermöglichen und gönnen. Der Ehrlichkeit halber sollte man sich jedoch von Anfang an angewöhnen zu sagen: »Das hast du ganz toll gemacht, und Mama hat dabei nur ein wenig helfen müssen« o. ä. Ließe man das Kind immer im Glauben, all die Dinge alleine geschafft zu haben, würde es ein falsches Selbstbild entwickeln und nie lernen, die eigenen Fähigkeiten richtig einzuschätzen.

Aufforderungscharakter der Umwelt

Die Lernmotivation wird auch durch äußere Anreize bestimmt. Soll das Baby in der Rückenlage einen Gegenstand mit den Augen verfolgen und dabei sein Köpfchen von einer Seite auf die andere drehen, hängt der Lernerfolg ganz erheblich vom Anreizcharakter dieses Gegenstandes ab.

Ein graues Blatt Papier ist für den Säugling natürlich bei weitem nicht so interessant wie eine bunte Rassel oder eine Puppe. Bedarf es aber für die erwünschte Bewegung eines hohen Kraftaufwandes, so wird der geringe Anreiz, den das Blatt Papier bietet, sicher nicht allein ausreichen, um das Kind für die Aufgabe zu motivieren. Man wird deshalb anfänglich sehr interessantes Spielzeug, z. B. eine Micky Mouse, deren Gesicht aufleuchtet, verwenden. Wenn das Kind die Bewegung bereits besser beherrscht, genügen dann Gegenstände mit geringerem Aufforderungscharakter. Man muß aber immer darauf achten, daß das Kind nicht durch andere, interessantere Dinge im Raum (z. B. eine starke Lichtquelle oder knallrote Vorhänge ...) abgelenkt wird. Der Anreiz des dargebotenen Spielzeugs muß gegenüber solchen Dingen überwiegen.

Die Bedeutung der Motivation für die Persönlichkeit des Kindes

Motivation ist im Leben mongoloider Kinder ein Schlüsselbegriff. Es ist offensichtlich, daß sie sich stärker abmühen müssen und zudem in ihrem Bemühen ausdauernder sein müssen als gesunde Kinder, um die gleichen Fertigkeiten zu erwerben. Angefangen vom Krabbeln und Laufen bis hin zum Radfahren und Schwimmen. Um aber nicht vorzeitig aufzugeben, brauchen sie mehr

Motivation als gesunde Kinder. Aber auch mehr Erfolgszuversicht und damit mehr Vertrauen in die eigenen Fähigkeiten. Gerade das klingt paradox. Wer kann schon viel Selbstvertrauen entwickeln, wenn er – bedingt durch seine körperlichen Gegebenheiten – häufiger als andere Mißerfolgserlebnisse hat?

Wenn die Eltern die Bedeutung der Verstärkung, der Erfolgserlebnisse und des Anreizcharakters erkennen, haben sie die Möglichkeit, ihrem Kind bereits in den ersten Lebensjahren diese Zuversicht und dieses Selbstvertrauen zu vermitteln. Sie können ihm dann die Energie und Ausdauer vermitteln, die es für sein weiteres Leben so dringend benötigt. Dabei müssen die Eltern aber auch sich selbst beobachten. Sie übertragen nämlich indirekt ihr Anspruchsniveau und ihre Erwartungshaltung auf ihr Kind. Es hat sich gezeigt, daß mittelschwere Aufgaben das Kind optimal fordern und sehr große motivierende Kraft besitzen. Stellen die Eltern ihrem Kind also immer zu leichte Aufgaben, so unterfordern sie es und mindern damit seine Motivation. Das Erfolgserlebnis, das zu leichte Aufgaben vermitteln, ist auch zu gering, um zu größeren Leistungen anzuspornen. Wenn Eltern also zu schnell mit der Erklärung bei der Hand sind: »Das kann mein Kind noch nicht, es ist ja mongoloid, da kann man das noch nicht erwarten«, dann dämpfen sie damit die Motivation ihres Kindes und bremsen es so ungewollt in seiner Entwicklung. Das geschieht etwa, wenn man häufig Bemerkungen fallen läßt wie: »Schau mal, das Kind dort kann schon frei aufstehen. Warum machst du das noch nicht?« Weil ihm die Eltern zu wenig zutrauen, traut sich das Kind später selbst auch nichts zu. Aber: Wer nicht wagt, der nicht gewinnt!

Wer bei einem Down-Kind von einem knappen Jahr gar nicht daran denkt, es z. B. in den Hochstuhl o. ä. zu setzen, weil seine Muskulatur das angeblich noch nicht erlaubt, der enthält ihm nicht nur die Möglichkeit vor, das Sitzen zu trainieren, sondern auch diejenigen Erfahrungen, die man nur im Sitzen machen kann und die zum Sitzen motivieren (z. B. die veränderte Perspektive im Raum).

Das Gegenteil hat die gleichen Konsequenzen: Überfordern die Eltern ständig ihr Kind, weil sie es immer streng mit dem Entwicklungsstand gleichaltriger gesunder Kinder vergleichen, so ermöglichen sie ihm zu selten Erfolgserlebnisse. Mißerfolgserlebnisse überwiegen und lassen im Kind leicht das Gefühl entstehen, ein Versager zu sein. Das Kind erwartet dann von sich selbst keine Leistungen mehr, weil es sie sich nicht zutraut. Weil das Kind von klein an gespürt hat, daß es den Erwartungen der Eltern nicht entsprechen kann, stellt es an sich selbst keine Erwartungen mehr. Über- wie Unterforderung führen also gleichermaßen zu geringer Motivationslage und verhindern, daß die positiven Möglichkeiten des Kindes zur Geltung kommen.

Genauso bedeutsam kann es sein, welchen Kommentar die Eltern bei Erfolgen oder Mißerfolgen des Kindes abgeben. Wird ein Erfolg der Tüchtigkeit, der Anstrengung oder dem Fleiß des Kindes zugesprochen, so hat dies enorme motivierende Kraft. Wird ein Mißerfolg jedoch auf einen Mangel an Tüchtigkeit zurückgeführt, kann das für zukünftige Aufgaben entmutigen. Schafft es das Kind nicht, einen Turm aus Bauklötzen zu bauen, und die Mutter sagt ärgerlich: „Du bemühst dich ja auch nicht!", heißt das für das Kind, daß seine Anstrengungen nichts wert sind. Eltern sollten deshalb bei Erfolgen das Kind für seinen Fleiß und seine Tüchtigkeit loben und die Schwierigkeit der Aufgabe betonen, bei Mißerfolgen dagegen darauf hinweisen, daß Pech dabei war oder (wenn das zutrifft) daß sich das Kind beim nächsten Mal nur noch ein wenig besser anstrengen muß (so können u. U. Mißerfolge zu einem neuen Versuch und mehr Fleiß oder Anstrengung ermuntern, wenn sie richtig gedeutet werden). Mißerfolge sollen insgesamt gelassen hingenommen werden, während Erfolge gebührend zu loben sind. Das Kind soll lernen, nicht so sehr auf die

Mißerfolge zu blicken, sondern sich vielmehr an den Erfolgen zu orientieren.

Vertrauen in die eigenen Fähigkeiten und Zuversicht im eigenen Handeln kommen nicht von ungefähr. Sie sind – zumindest teilweise – erworben und auch anerzogen. Es ist schon für gesunde Kinder sehr wichtig, diese Eigenschaften zu erwerben. Wieviel wichtiger ist es dann für behinderte Kinder!

Einige bewährte Übungen

Frühförderung lebt von der Kreativität der Eltern. So wichtig der wöchentliche Besuch der Heilgymnastin für mich war, im Grunde waren nur jene Übungen erfolgreich, die ich wirklich umsetzen konnte. Die Heilgymnastin bot theoretisch Anleitung, zeigte mir konkrete Beispiele und gab mir einzigartigen seelischen Halt (wofür ich ihr ein Leben lang dankbar sein werde), aber das alles stellte die Voraussetzung für das eigentlich Entscheidende dar: daß ich lernte, mich in mein Kind hineinzuversetzen, die Probleme seiner Behinderung im Detail aufzuspüren, mich damit so intensiv hineinzuleben, daß mir Ideen für die richtige Gestaltung und Durchführung beinahe intuitiv kamen. Tatsächlich stellte ich fest, daß diejenigen Übungen, die aus diesem Gespür entstanden, bei Anita die beliebtesten und effektivsten waren. So möchte ich jede Mutter ermuntern, sich auch auf diesen Weg zu machen: sich in das Kind einfühlen, es aufmerksam beobachten und dann im Spiel die Grenzen des Kindes ausfindig machen und seine Möglichkeiten herauslocken.

Auf die so beschriebene Weise entstand die folgende,

im Grunde sehr einfache Übung zum Zangengriff: Für die Entwicklung der Feinmotorik ist der möglichst frühzeitige Erwerb des Pinzetten- und Zangengriffs notwendig. Gesunde Kinder erlernen sie mit ca. einem Jahr. Kindern mit Down-Syndrom dagegen fallen solche Griffe besonders schwer, u. a. aufgrund der mangelnden Opposition von Daumen und Zeigefinger. Aber nur wenn sie diese Stufe erreichen, können sie mit kleinen Gegenständen kontrolliert umgehen. Das Einüben des Zangengriffs ist häufig mit viel Frustration verbunden. Einjährige Kinder wollen fast alles in den Mund stecken, was ihnen unter die Finger kommt, weil die Mundschleimhäute in diesem Alter ein sensibleres Empfindungsorgan darstellen als die Finger, die ja in ihrer Funktion erst entdeckt werden müssen. Im Mund erkennt das Kind sozusagen erst, was das ist, das es vorher in der Hand gespürt hat. Einerseits ergibt sich aus dieser Tatsache eine gewisse Motivation, auch kleine Gegenstände zu erfassen, andererseits folgt unmittelbar darauf der Drang, dieses Etwas in den Mund zu nehmen, und damit verbunden die Gefahr, die Gegenstände dann auch zu verschlucken. Die Mutter gerät so in ein Dilemma. Sie soll das Kind dazu bringen, Spielknöpfe o. ä. zu ergreifen, gleichzeitig muß sie sie ihm aber sofort wieder wegnehmen. Ein Frustrationsgefühl ist unausweichlich, noch dazu wenn man bedenkt, daß es das Kind sowieso schon ungemein große Anstrengung kostete, den Knopf zu fassen.

Dieses Dilemma war mir bewußt, aber ich wollte dennoch mit dem Zangengriff nicht warten, bis Anita nicht mehr alles in den Mund nahm. Da kam mir die Idee, ihr Dinge zu geben, die sie bedenkenlos sogar essen durfte, nämlich Cornflakes. Diese sind klein, rund und flach, erfordern also den Zangengriff, und gleichzeitig wirken sie als Verstärker, weil sie verzehrt werden dürfen. So einfach die Lösung ist, so effektiv ist sie. Heute wird mir von verschiedenen Seiten bestätigt, daß Anita mit ihren Fingern auffallend geschickt ist.

Zu einem wesentlich früheren Zeitpunkt kam ich im Gespräch mit unserer Heilgymnastin auf die Möglichkeit, die gesamte Mundmuskulatur zu trainieren. Mit Hilfe der im Handel erhältlichen kleinen Baby-»Zahnbürsten«, die anstelle von Borsten Gumminoppen haben, kann man nicht nur die Kiefer massieren (was den Kindern gerade beim Zahnen recht angenehm ist), sondern nebenbei auch die Beweglichkeit der Zunge trainieren sowie die Lippen und die Innenseite der Backen stimulieren. Wenn man dabei mit dem Baby noch scherzt und lacht, macht ihm das eine ganze Zeit lang Spaß. Als Anita irgendwann ihren Mund nicht mehr aufmachen wollte, gab ich mich mit dem bereits Erreichten zufrieden und hörte mit dieser Übung auf.

Ein kleiner Babykitzler bot sich als neue Möglichkeit an, die Mundpartie wenigstens von außen zu trainieren. Zu dem Sprüchlein: Kinne, Kinne Wippchen, rote Lippchen, Stupsnase, Stirne, zupf, zupf Härchen (aus: Fingerspiele, Kniereiter und andere Kickerlitzchen, siehe Literaturverzeichnis) drückte ich ihr Kinn etwas nach oben und unten, streifte mit sanftem Druck an den Lippen entlang und berührte die genannten Gesichtspartien, womit die entsprechenden Muskelpartien ein wenig stimuliert wurden. Gleichzeitig haben solche Verse den Effekt, daß das Kind mit dem Prinzip von Sprache vertraut wird, daß nämlich bestimmte Laute oder Lautfolgen mit immer den gleichen Vorgängen oder Dingen verbunden sind. Obwohl Anita noch kein Wort verstand, wußte sie doch, daß dieser Reim diese Übung bedeutete.

Sprachanbahnung

Die Sprachanbahnung zieht wohl bei der Förderung geistig behinderter Kinder das meiste Augenmerk auf sich, nicht nur weil die Sprachbeherrschung später einmal mit darüber entscheiden wird, wie gut sich das Kind in die Gesellschaft integrieren wird, sondern auch deshalb, weil man hier von außen nicht mehr so direkt auf das Kind einwirken kann wie bei der Motorikschulung. Soll das Kind das Krabbeln oder Laufen lernen, weiß jede Mutter ohne weiteres, mit welchen Hilfestellungen sie das Kind dabei unterstützen kann. Bei der Sprache gibt es keine so einfachen Hilfestellungen.

Eine möglichst frühe Sprachanbahnung – und sei sie mit noch so einfachen Lauten und noch so vielen Hilfestellungen – hielt ich für sehr wichtig, weil mir klar war, daß ein gewisses Sprachvermögen die Voraussetzung für Anitas weitere Entwicklung sein wird. So hängt etwa ihre Kontaktfähigkeit außerhalb der Familie sehr stark davon ab, ob man sich mit ihr verständigen kann. Außerdem hat ein Kleinkind noch keine falschen Hemmungen anderen Leuten gegenüber; später einmal besteht die Gefahr, daß sie aus Scham und Scheu mit anderen Menschen nicht sprechen will.

Wie war dieses Ziel zu erreichen? Als erstes überlegte ich, in welche Teilschritte der Spracherwerb eines Kindes zu gliedern sei. (Dabei zog ich die Münchner Funktionelle Entwicklungsdiagnostik von Prof. Hellbrügge, siehe Literaturverzeichnis, zu Rate und kombinierte sie mit dem, was ich aus meinem Studium noch über moderne Sprachwissenschaft wußte.)

Selbstverständlich fängt Spracherwerb damit an, daß das Kind angesprochen wird, mit ihm geplaudert und ihm erzählt wird – zu einem Zeitpunkt, da es das alles noch überhaupt nicht verstehen kann. So kann es lernen, daß Sprache interessant ist, daß man beim Sprechen Gefühle ausdrücken und Zuneigung zeigen kann. Allein aus dieser Erfahrung ergibt sich auf lange Sicht die Motivation, diese Sprache selbst auch einmal erlernen zu wollen. Also habe ich mit Anita (wie übrigens mit meinem gesunden Kind auch) bereits in den ersten Wochen viel gesprochen oder gesungen und jeden Laut, den sie von sich gab, mit großer Freude begrüßt und darauf geantwortet. Leuten, die mit kleinen Kindern nichts zu tun haben, mag das lächerlich vorkommen, aber was kümmert uns das?

Das natürliche Verhalten einer Mutter reicht bei einem gesunden Kind normalerweise schon aus. Das Kind wird von sich aus Sprachspiele mit seinen Bezugspersonen erfinden und dabei schrittweise erst bestimmte Laute, dann einzelne Wörter und schließlich die dazu gehörenden Bedeutungen erlernen.

Bei Anita ging das jedoch nicht so automatisch (oder ich wollte nicht warten, bis sie vielleicht mit drei Jahren soweit gewesen wäre). Ich dachte mir, Zeit ist kostbar. Die sensible Phase für den Beginn des Spracherwerbs liegt in den ersten drei Lebensjahren. Ich wollte diese Zeit nicht ungenutzt verstreichen lassen und begann nun zu überlegen, woran es denn bei Anita scheiterte. Sie plapperte und führte sogenannte Lallmonologe, sie horchte auf, wenn sie mich sprechen oder singen hörte, aber sie schien nicht zu verstehen, daß bestimmten Lauten bestimmte Bedeutungen zuzuordnen sind. Und soviel war aus meinem Studium der modernen Sprachwissenschaft noch hängen geblieben, daß nach DeSaussure das Prinzip der Sprache darin liegt, daß ein Lautgebilde eine (abstrakte) Bedeutung hat, die sich auf einen konkreten Gegenstand beziehen kann. Die abstrakte Bedeutung Stuhl ist dem Lautgebilde »Schtuul« zugeordnet und kann sich auf jeden beliebigen Stuhl, z.B. den bunten Kinderstuhl Anitas, beziehen. Es ist klar, daß Kinder die Bedeutung von Wörtern immer an konkreten Gegenständen lernen müssen und sie dann auf andere Gegenstände der gleichen Art übertragen.

Anita hatte offensichtlich Schwierigkeiten bei der Zuordnung von Lautgebilden und den ihnen entsprechenden Dingen. Das schien einerseits an ihrer mangelnden Fähigkeit zu liegen, Laute differenziert wahrzunehmen, andererseits an der Schwierigkeit, sich die Lautgebilde, die wir Worte nennen, zu merken und wiederzuerkennen. Wenn keine Hörschädigung als Ursache dafür in Frage kommt, dann kann man dieser Schwäche wohl nur durch erhöhten Übungsaufwand begegnen. Jedes Kind hört ein Wort erst zehn-, fünfzig- oder hundertmal, bevor es es kennt. Also mußte ich es Anita wohl fünfhundert- oder tausendmal vorsagen. Wenn es Anita jedoch schwerfiel, Laute zu unterscheiden, war es logisch, zunächst auf einer ganz einfachen Ebene zu beginnen.

Mein erster Schritt war demzufolge, Anita bestimmte Laute und Klänge als bekannt und vertraut einzuprägen. Ich machte mit ihr z. B. beim Wickeln, beim Treppensteigen, beim Füttern und den anderen täglichen Verrichtungen immer die gleichen Wortspiele und versuchte dabei, sehr einprägsame Laute zu verwenden, die zur Intensivierung der Wirkung noch rhythmisch gesprochen werden konnten (Beispiel: »Trip trap, Treppe ab« beim Treppensteigen oder »Ritsche ritsche« für das Zähneputzen). Es kommt dabei nicht darauf an, daß sie besonders schlau oder witzig sind. Eine lautmalerische Komponente oder eine Verwandtschaft zu »richtigen« Wörtern unserer Sprache ist jedoch von Vorteil. So konnte Anita bald die Klänge mit der jeweiligen Handlung in Verbindung bringen und merkte, daß eine bestimmte, wenn auch vage Bedeutung mit den Lautgebilden verbunden ist. Auf diese Weise erreicht man schon relativ früh, daß ein Kind bestimmte, ihm vertraute Äußerungen versteht. (Anregungen für solche Sprüche oder Reime kann man sich aus einschlägigen Büchern über Babykitzler und Fingerspiele holen, in Still- oder Mutterkindgruppen, von Kindergärtnerinnen oder von der Großmutter.)

Der Erfolg war erfreulich, aber der Schritt zur eigenen Sprechfertigkeit war bei Anita noch weit. Bei gesunden Kindern dauert es meist nur einige Monate, bis das Kind Dinge, die es versteht, auch selbst ausdrücken will. Bei mongoloiden Kindern liegen hier nicht selten sogar Jahre dazwischen. Mit dieser statistischen Auskunft wollte ich mich nicht zufrieden geben, denn erstaunlich war, daß Anita gerne Babybücher anschaute und dort die Gegenstände problemlos erkannte, auch wenn sie nur skizzenhaft abgebildet waren. Sie hatte also keine

Mühe, einem optischen Zeichen eine Bedeutung zuzuordnen. Nur die Zuordnung zu einem akustischen Zeichen war so schwierig.

Zu dieser Zeit hatte Anita große Freude an einem Plakat, auf dem ein Duplo-Bauernhof abgebildet war. Das brachte mich auf eine Idee: Was sprach eigentlich dagegen, ihr schon mit einem guten Jahr die Namen oder, besser gesagt, die Laute der abgebildeten Tiere tausendmal vorzusagen? Aber noch kein Gedanke daran, daß sie sie irgendwie nachsprechen könnte! Das wäre eine enorme Überforderung gewesen. Über Monate hinweg begnügte ich mich damit, auf das Tier (oder sonstige Bilder) zu zeigen und Muh, Mäh, Wauwau usw. dazu zu sagen. Allmählich kannte sie das Spiel und wollte mich gerne dirigieren. Nun zeigte sie auf das Tier und blickte mich erwartungsvoll an. Unermüdlich mußte ich nun auf ihren »Fingerzeig« hin die Namen wiederholen, bis wir den nächsten Schwierigkeitsgrad in Angriff nehmen konnten: Die Frage »Wo ist die Muh? Wo ist das Mäh? Wo ist der Wauwau?« ... Immerhin hatte sie nun verstanden, daß bestimmten Gegenständen bestimmte Laute zugeordnet sind und daß diese Zuordnung jeden Tag gleich ist. Ein großer Lernerfolg, denn das ist das Prinzip der Sprache! Eine fundamentale Voraussetzung für den Bereich Sprachverständnis war geschaffen, auf der wir aufbauen konnten.

Als nächstes gingen wir beim Sprachverständnis auf die Zuordnung von Laut und Handlung über. Mit zwei Jahren war Anita in der Lage, auf Aufforderung hin die Tür zu schließen oder einen Gegenstand zu bringen. Anfangs mußten wir die Handlung natürlich häufig vormachen und benannten sie dabei im Imperativ (Wir machten die Tür zu und sagten: »Mach die Tür zu«; wir holten die Puppe und sagten dazu: »Hol die Puppe« usw.). Offensichtlich fiel es ihr relativ leicht, aus dem Kontext heraus solche Anweisungen zu verstehen. Selbstverständlich mußten wir oft noch auf die Tür oder den gewünschten Gegenstand zeigen. Aber sie verstand die Aufforderung und hatte Freude an diesem Spiel.

Mit ihrem Sprachverständnis konnten wir nun einigermaßen zufrieden sein. Die mangelnde Sprechfertigkeit wurde nun allmählich zu einem Problem. Außer Mama und Papa konnte Anita noch nichts sagen, und auch diese Worte waren in ihrem Bedeutungsspektrum noch sehr weit gefaßt. Aber ich gewann immer mehr den Eindruck, daß Anita wußte, was sie wollte, dies mir aber nicht mitteilen konnte. Unsere Möglichkeiten der Kommunikation mußten verbessert werden. Deshalb begann ich, ihr Ja-Nein-Fragen zu stellen, um herauszufinden, was sie wollte. Sie hatte schnell gelernt, daß man bei Nein den Kopf wegdrehen kann und bei Ja nicken muß. Das bot ihr wenigstens die Möglichkeit, auf Fragen hin ihre Wünsche kundzutun. Gleichzeitig erweiterte sich nun auch ihr passiver Wortschatz, denn ich benannte die Dinge immer, die ich ihr zur Auswahl vorschlug. Von »Willst du das?« und dabei auf das Glas mit Limo zeigen kamen wir so über »Willst du Limo?« mit gleichzeitigem Hinzeigen bis zu »Willst du Limo?« ohne Zeigen. Immer mehr bestand ich nun darauf, daß sie nicht nur nickte bzw. den Kopf schüttelte, sondern begleitend dazu auch etwas sagte, das als Ja oder Nein zu erkennen war. Erst wenn sie sich um die Sprache bemüht hatte, reagierte ich. Denn ich merkte, daß ihr gestische Zeichen viel leichter fielen und sie sich gerne mit ihnen begnügt hätte. Als weitere Stufe kam schließlich die Zeigefunktion auf die Frage »Was willst du?«. Das brachte zwar keinen unmittelbaren Lernzuwachs für die Sprache, aber – und das war genauso wichtig – für die Erkenntnis, daß Anita sich von sich aus bemühen muß, mir ihre Wünsche mitzuteilen, und nicht immer darauf warten kann, daß ich ihr die Wünsche mehr oder weniger von den Augen ablese. Nun war also ein gewisses Maß an Kommunikation zwischen uns möglich. Und da Anita eine sehr geschickte Gestik und Mimik besaß und immer noch hat, ging das auch einigermaßen gut.

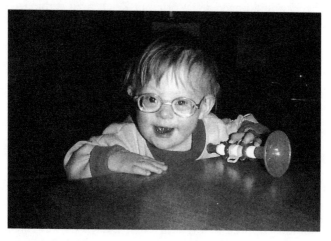

Zeichen als Hilfestellung beim Spracherwerb

Nun standen wir vor einer großen Gefahr, die ich oben schon andeutete: Anita hatte festgestellt, daß es ihr wesentlich leichter fiel zu gestikulieren, als Worte zu artikulieren, und war daher geneigt, den Weg des geringsten Widerstands zu gehen, d.h. sich mit Zeichen durchs Leben zu schlagen. Wir standen vor einem neuen Dilemma. Ihr erbarmungslos Worte abzutrotzen, hielten wir zu diesem Zeitpunkt noch für eine große Überforderung, die sie mehr frustrieren denn motivieren würde. Immer sofort auf ihre Zeichen zu reagieren, wäre zwar der einfachere Weg gewesen, aber mit Sicherheit eine Sackgasse. Ausgehend von der Idee, daß man ja auch die motorische Entwicklung durch Hilfestellungen erleichtert, suchten wir nun nach möglichen »Hilfestellungen« im sprachlichen Bereich und fingen an, Worte mit Zeichen zu verbinden. (Hier muß ich anmerken, daß wir dieses Vorgehen zwar für uns selbst erfunden haben, aber wie ich erfahren habe, selbstverständlich nicht die ersten waren, die auf solche Gedanken kamen. Es gibt verschiedene wissenschaftlich entwickelte Methoden, die auf diesem Prinzip beruhen. Außerdem haben Eltern, die die Zeichensprache beherrschen, sich immer schon dieses Hilfsmittels bedient.)

Wir erfanden einprägsame Zeichen für Kuh, Vogel, Ente, Blume, Hut, Schlafen, Streicheln, Essen usw. und gestikulierten diese Zeichen immer zu den jeweiligen Worten. Anita konnte sie sich meist auf Anhieb merken und, wenn sie uns etwas sagen oder zeigen wollte, mußte sie nun zu ihren undifferenzierten Lauten das jeweilige Zeichen machen. So konnte sie uns schon viel mehr mitteilen. Wichtig dabei war: Wir bestanden immer mindestens auf dem Versuch, es mit Lauten auszudrücken (um nicht der Gefahr zu erliegen, gesprochene Sprache einfach durch Zeichensprache zu ersetzen). Ohne Zeichen wäre Kommunikation mit Anita zu diesem Zeitpunkt gar nicht möglich gewesen. Anita konnte also das

Erfolgserlebnis verbuchen, sich verständigen zu können. Erstaunlicherweise dauerte diese Phase nur wenige Monate. Mit drei Jahren war sie nur noch bei relativ wenigen Begriffen auf Zeichen angewiesen. Für viele Dinge waren ihre Laute mindestens so differenziert, daß »Insider« sie verstehen konnten. Ihr aktiver Wortschatz umfaßte nun bereits ca. sechzig Worte.

Zum Schluß und um Mißverständnisse zu vermeiden: Die geschilderten Erfahrungen haben sich bei uns bewährt, sollen jedoch eine logopädische Therapie nicht ersetzen. Seit Anitas zweitem Geburtstag kommt zu uns wöchentlich eine Logopädin ins Haus, zu der Anita über die Jahre hinweg eine innige Beziehung aufgebaut hat und mit der sie inzwischen – wegen des notwendigen Ablösungsprozesses von der Mutter – viele Übungen lieber macht als mit mir. Alle meine Ideen und Versuche habe ich immer mit dieser Fachfrau besprochen. Sicherlich resultiert Anitas erfreuliche Entwicklung in Sachen Sprachverständnis und Sprechfertigkeit aus dieser guten Zusammenarbeit.

Mit den hier beschriebenen Übungen hatten wir viel Freude und Erfolg, wohl auch deshalb, weil sie aus unserer konkreten Situation und der Beziehung zu unserem Kind entstanden sind. Ich möchte deshalb mit diesem Beispiel betroffene Mütter/Eltern nicht einfach zum Kopieren auffordern, sondern zum eigenen kreativen Umgang mit Übungen, die aus *ihrer* konkreten Situation und ihrer Beziehung zu ihrem Kind entspringen. Nicht die perfekte Befolgung von Regieanweisungen verspricht den besten Erfolg, sondern der einfühlsame Umgang mit dem Kind, das spürt: »Meine Mama versteht meine Schwierigkeiten und kann mir helfen.«

Kurz vor Fertigstellung dieses Buches stieß ich auf die Lese-Lernmethode nach Sue Buckley, die in Amerika seit 1980 erforscht und entwickelt wird und höchst erstaunliche Erfolge zu zeitigen scheint. Bei dieser Methode erleichtert man dem Kind den Spracherwerb mit Hilfe des Lesens. Defizite beim auditiven Gedächtnis (Erinnern des Gehörten) und häufig auftretende Beeinträchtigungen des Hörvermögens erschweren einem Kind mit DS den Spracherwerb auf die übliche Weise, d.h. über das Hören. Dafür sind andererseits visuelles Gedächtnis und Aufnahmevermögen sehr gut ausgeprägt, so daß es dem Kind leichter fällt, sich auf visuellem Weg ein Wort einzuprägen, es dann auch akustisch zu erkennen und schließlich selbst zu sprechen.

Dieser Ansatz leuchtet mir auf Anhieb ein und paßt zu meinen Beobachtungen bei Anita, die – wie beschrieben - auch eine visuelle Hilfe bei der Sprachanbahnung brauchte, nämlich die Gesten. Allerdings führt das Lesen lernen leichter zur Grammatik und zur Konstruktion von ganzen Sätzen als die Gestik. Laut Buckley können einige Kinder bereits mit zwei bis drei Jahren mit dieser Methode beginnen, selbst wenn sie zu dem Zeitpunkt noch überhaupt keine Wörter im aktiven Sprachgebrauch verwenden.

Mehr zufällig haben wir bei Anita im Alter von 4 3/4 Jahren mit einer Ganzwort-Methode begonnen, die Namen der Familienmitglieder und anderer geliebter Personen zu erlernen. Dabei klebte ich jeweils ein Bild auf eine Karteikarte und schrieb darunter den Namen. Auf die Rückseite kam nur der Name. Zuerst zeigte ich Anita das Bild und wies sie darauf hin, daß das, was darunter zu erkennen war, der Name war. Als sie diesen

Zusammenhang verstanden hatte, zeigte ich ihr den Namen auf der Rückseite. Bereits nach wenigen Versuchen konnte sie die Namen ohne Bild richtig erfassen und war enorm stolz auf sich. Es fiel ihr überraschend leicht und machte ihr großen Spaß, so daß sie innerhalb von vier Wochen die Namen der zwölf für sie wichtigsten Personen problemlos lesen konnte. Ich stellte fest, daß sie die Namen in gut leserlicher Druckschrift auch an anderen Stellen von sich aus erkannte. Eines Tages erlebten wir eine große Überraschung. Anita wollte unbedingt Johannas Buch haben, ergatterte es auch und tat, als ob sie lesen würde. Plötzlich rief sie voller Begeisterung »Hartmut, Hartmut« und zeigte auf ein großgeschriebenes H mitten in einer voll bedruckten Seite. Sie machte sich nun gezielt auf die Suche und fand hoch erfreut auch die Anfangsbuchstaben der anderen Namen, die sie bereits gelernt hatte. Seitdem steht für sie fest, daß Lesen ein Riesenspaß ist.

Inzwischen haben wir angefangen, unser Lesespiel gezielt auszubauen und zu versuchen, ihre Satzmuster (bisher hauptsächlich 3-Wort-Sätze im Infinitiv oder mit Partizip) zu verbessern. Einfache Sätze aus ihrem Alltagsleben wie *ich fahre Rad* oder *mit Johanna teilen* kann sie lesen und verstehen. Ich verspreche mir von dieser Methode, daß Anita eine bessere Vorstellung von Sätzen entwickeln kann und dann in der Lage sein wird, selbst richtige und vollständige Sätze zu produzieren. Denn ich bin überzeugt, daß es ihr ihr zu geringes auditives Diskriminierungsvermögen und Gedächtnis erschweren, aus dem Gehörten Satzmuster abzuleiten. Man könnte es mit jemandem vergleichen, der eine Fremdsprache erlernen will und bisher nur einige wenige

Vokabeln kennt, aber keine Ahnung von der Grammatik der Fremdsprache hat. Er versucht, mit den sinntragenden Wörtern, die er verstehen kann, die Bedeutung der ganzen Aussage zu erraten. Je nach Kontext fällt ihm das leichter oder schwerer. Wenn er jedoch die Möglichkeit hat, das Gehörte in Schriftform festzuhalten, kann er es besser analysieren und die Grammatik verstehen lernen. Daß wir beim Fremdsprachenerwerb auf die geschriebene Sprache als äußerst effektives Hilfsmittel angewiesen sind, bezweifelt niemand (die direkte Methode hat sich deshalb auch bei Erwachsenen oder älteren Kindern nicht bewährt). Warum sollte die Schrift für mongoloide Kinder nicht auch ein geeignetes Hilfsmittel sein?

Medizinische Fragen

Herzfehler

In sehr vielen Fällen ist das Down-Syndrom mit einem Herzfehler verbunden. Unsere Anita hatte je ein Loch in der Herzscheidewand zwischen den Vorkammern und zwischen den Hauptkammern. Dieser häufige und für Experten keineswegs außergewöhnliche Defekt führte zu einer Vergrößerung des Herzmuskels, der viel stärker arbeiten mußte, um die gleiche Menge Blut durch den Körper zu pumpen, als ein gesundes Herz. Als Folge davon war Anita körperlich nicht sehr belastbar, so daß z. B. das Köpfchenheben in der Bauchlage in den ersten Lebensmonaten für sie eine unvorstellbare Anstrengung darstellte.

Für unsere Frühförderungsübungen war das natürlich ein großer Hemmschuh, denn einerseits wollte ich Anita nicht überanstrengen, andererseits aber auch nicht der Gefahr erliegen, diesen Herzfehler als Alibi dafür zu mißbrauchen, sie einfach in ihrem Bettchen liegen zu lassen. Wiederum war es für mich als Mutter hier erforderlich, ein Gespür dafür zu entwickeln, wieviel Anstrengung ihr guttat und wann es zuviel wurde.

Wir hatten Glück: Unser Kinderarzt setzte alle Hebel in Bewegung, so daß Anita relativ schnell einen Operationstermin im Herzzentrum bekam und mit sechs Monaten bereits operiert wurde. Sie brauchte ca. sechs Wochen, um sich zu erholen, legte aber dann mit ihrer

Entwicklung so richtig los. Armstütz in der Bauchlage, freies Sitzen und insgesamt größere Aktivität waren nun möglich.

Beeinträchtigung des Sehvermögens

Das Down-Syndrom ist häufig auch mit einer Sehschwäche, mit Kurzsichtigkeit, Schielen oder gar einem grauen Star verbunden. Vor allem Kurzsichtigkeit ist im Säuglings- und Kleinkindalter schwer festzustellen; im ersten Lebenshalbjahr fällt es oft selbst sehr aufmerksamen Müttern nicht auf. Deshalb ist es empfehlenswert, auf alle Fälle eine Untersuchung in einer Augenklinik machen zu lassen oder zumindest einen Termin beim Augenarzt zu vereinbaren. Denn die beste Hilfe bei einer Beeinträchtigung des Sehvermögens ist frühzeitige Behandlung bzw. die frühzeitige Anpassung einer Brille.

Sehen und geistige und körperliche Entwicklung

Eine Sehschwäche nicht früh genug zu erkennen, hat sehr nachteilige Folgen. Es wirkt sich auf die verschiedensten Bereiche aus, sogar auf die Entwicklung des Sozialverhaltens. Ein 4–5 Monate alter Säugling sollte Bewegungen und Handlungen der Bezugsperson verfolgen, so z. B. wenn er auf dem Schoß sitzt, zusehen, wie die Mutter beim Essen die Hand vom Teller zum Mund führt, oder – in der Wippe – wie die Mutter in der Küche hantiert. Bei starker Kurzsichtigkeit kann das Wahrnehmungsfeld des Kindes auf 50 cm oder noch weniger beschränkt sein. Alles, was weiter entfernt ist, nimmt es nur so unscharf wahr, daß es kaum Interesse daran hat, weil es nichts Konkretes erkennt.

Aber auch die körperliche Entwicklung leidet unter dem beeinträchtigten Sehvermögen. Wenn nur Dinge in einer Entfernung von weniger als einem halben Meter eini-germaßen deutlich wahrgenommen werden können, fehlt weitgehend der Anreiz, im Sitzen den Kopf gerade und aufrecht zu halten. Denn bei aufrechter Kopfhaltung sind meist interessante Gegenstände oder Personen so weit entfernt, daß der kurzsichtige Säugling sie nur noch als diffuse Farbkleckse erkennt, die er kaum zu deuten weiß. Läßt er jedoch den Kopf sinken, so sieht er zumindest sein buntes Strampelhöschen, seine Beine oder das Muster des Sitzkissens. Diese Dinge sieht er scharf, deshalb sind sie für ihn wesentlich interessanter als die Perspektive auf das Zimmer, das sich ihm als nichts anderes als ein Durcheinander von verschwommenen Farbflecken darbietet.

Logische Folgen sind zu geringe Motivation, den Kopf aufrechtzuhalten, und – damit verbunden – zu geringe Kopfkontrolle. Doch ist gerade eine gute Kopfkontrolle eines der wichtigsten Ziele der Frühförderung im ersten Lebenshalbjahr.

Sehen und das »Weltbild« des Kindes

Ein Neugeborenes ist noch völlig unbedarft. Es hat noch keine Vorstellung von der Welt und den Dingen in der Welt. Wie ein Tisch, ein Fenster, eine Tür, eine Rassel, ja sogar wie der (für ihn) wichtigste Mensch – seine Mutter – aussieht, all das muß er erst erfahren und lernen. Allmählich bildet sich in seinem Kopf ein Abbild der Welt, allmählich entwickelt er eine Vorstellung von ihr, wie das Gesicht seiner Mutter, die Fläschchen und Dosen auf dem Wickeltisch um ihn herum oder sein Bettchen aussehen. Sieht nun das Kind sehr schlecht, ist es wie bei einem blinden Spiegel: Sein Abbild von der Welt ist sehr unscharf. Die Vorstellungen, die das Baby von dieser Welt entwickelt, stimmen im Grunde nicht, denn ein Baum ist nicht nur ein grüner Klecks.

Unscharfe oder gar falsche Vorstellungen von der

Umwelt hemmen nun aber wiederum die Entwicklung der Intelligenz. Denn bei unscharfer Wahrnehmung ist es unmöglich, Details zu erkennen. Das schließt ein genaues Erkennen und Verstehen der Dinge aus. Wenn ein Kind nicht sehen kann, daß ein Baum aus einzelnen Blättern besteht, ist es für es auch sehr schwer, einen einleuchtenden Zusammenhang herzustellen mit einem Blatt, das es vielleicht gerade in der Hand hält, und dem Baum in 5 m Entfernung. Dieses Beispiel verdeutlicht, daß schlechtes Sehen einem Kind ungemein erschwert, die Welt zu verstehen und ihre Zusammenhänge zu durchschauen. Gerade diese Fähigkeit aber nennen wir Intelligenz.

Ich habe meine Beispiele zur Bedeutung des Sehens bisher immer aus dem Bereich der Kurzsichtigkeit gewählt, weil ich hier meine persönlichen Erfahrungen mit meiner Tochter auswerten konnte. Das Gesagte gilt aber in analoger Weise auch für andere Sehbehinderungen, etwa das Schielen. Beim Schielen ist es jedoch nicht so sehr die unscharfe Wahrnehmung, sondern vielmehr die Unfähigkeit, die Dinge im Raum sicher zu lokalisieren. Das Kind kann nicht mit Gewißheit ausmachen, wo sich nun die Rassel, die es fassen will, befindet. Dadurch wird insbesondere die Auge-Hand-Korrelation erschwert. Beim Krabbeln und Laufen später stößt das Kind häufig an Tischkanten, Türrahmen u. ä. an. Das bedeutet jedesmal ein Mißerfolgserlebnis. Starkes Schielen verunsichert Kinder in allen ihren Bewegungen (nicht selten verunsichert es das Kind auch in seiner ganzen Persönlichkeit) und wirkt sich verständlicherweise oft entmutigend und demotivierend aus. Wird das schielende Auge nicht behandelt, verkümmert es schließlich sogar und erblindet.

Beeinträchtigtes Sehvermögen ist jedoch nur eines von vielen Symptomen, die oft mit Trisomie 21 verbunden sind. Ebenso kann das Gehör betroffen sein. Es empfiehlt sich daher, die Tests, die in den üblichen Vorsorgeuntersuchungen sowieso vorgesehen sind, besonders eingehend durchzuführen. Denn je eher ein Schaden bzw. eine Schwäche erkannt wird, desto eher kann man ausgleichend eingreifen.

Problemzone Atemwege

Ein Großteil der Kinder mit Down-Syndrom hat Probleme sowohl mit den oberen als auch mit den unteren Atemwegen. Häufiger Schnupfen und Husten sind die Folge. Die Atemwege sind oft enger als bei den meisten gesunden Kindern und belegen sich daher schneller mit Schleim, so daß es oft zu Entzündungen kommt. Mandelentzündung, Mittelohrentzündung, aber auch chronische, asthmatische oder spastische Bronchitis waren bei unserer Tochter in den ersten Lebensjahren ein Dauerproblem, das konsequenter ärztlicher Behandlung bedurfte. Merkliche Besserung brachte dabei feuchte Atemluft, was besonders in den Wintermonaten von Bedeutung war. Bei akuter Atemnot half Wasserdampf, den wir erzeugten, indem wir im Bad das heiße Wasser der Dusche aufdrehten.

Man sollte besonders darauf achten, daß Bronchitis und Rhinitis nicht chronisch werden. Unsere Tochter hatte z. B. ständig Schnupfen und daraus resultierend oft Mandel- und Mittelohrentzündungen. Stark vergrößerte Mandeln und Polypen waren die Ursache dafür, so daß sie sich mit ca. vier Jahren einer entsprechenden Operation unterziehen mußte. (Daneben kann die Verdauung ein zusätzliches Problemfeld darstellen: Bei Verstopfung kann man die im Darm fehlenden Enzyme oral zuführen, Durchfall begegnet man mit entsprechender Diät.)

Ab dem dritten Lebensjahr hatte Anita nur noch selten Bronchitis. Jedoch sammelte sich in Folge des häufigen Schnupfens zäher Schleim hinter dem Trommelfell, der sich nicht mehr so weit verflüssigen ließ, daß er durch den Hals abfließen konnte. Es mußte das Innenohr daher mittels eines Paukenröhrchens im Trommelfell belüftet werden (eine kleine ambulante Operation). Andernfalls hätte es zu einer unerwünschten Beeinträchtigung des Hörvermögens kommen können, die sich wiederum nachteilig auf die gesamte Entwicklung des Kindes, insbesondere der Sprache, ausgewirkt hätte.

Medikamentöse Basisbehandlung?

Da ich keinerlei medizinische Vorbildung habe, kann ich nur wiedergeben, womit ich bei der Pflege meines Kindes konfrontiert war und bin, was mir die Ärzte dabei erklärt haben und was ich mir angelesen habe. Dieser Fragenkomplex wird deshalb nur angerissen.

Das Down-Syndrom ist mit verschiedenen Mangelzuständen im Körper verbunden. Trisomie-Kinder sind meist sehr infektanfällig. Es wird angenommen, daß ihr Körper nicht in der Lage ist, eine ausreichende Menge Vitamine aus der Nahrung aufzunehmen. Man kann also versuchen, diesem Mangel durch zusätzliche Vitamingaben entgegenzuwirken, darf sich aber davon keine Wunder erwarten. (In diesem Zusammenhang ist auch die sogenannte Frischzellentherapie anzusprechen, die ebenfalls der Bereitstellung von in den Zellen nicht ausreichend vorhandenen Stoffen dienen soll. Sie ist in der Bundesrepublik seit einigen Jahren gesetzlich verboten, so daß sich eine weitere Diskussion um ihren Nutzen erübrigt.)

Extreme Infektanfälligkeit könnte man mit einer sehr aufwendigen und teuren Immuntherapie behandeln. Bevor man sich jedoch dazu entschließt, sollte man sich vor Augen halten, daß jedes Kind eine Unmenge von Infekten durchmachen muß, bis sein Immunsystem voll ausgeprägt ist.

Alle diese Fragen sind selbstverständlich Aufgaben des Kinderarztes. Er wird entscheiden, wann welches Medikament zu geben ist. Es empfiehlt sich aber, einen Kinderarzt zu suchen, der bereits Erfahrungen mit dem Down-Syndrom hat. Denn seine Erfahrung ist häufig ausschlaggebend, ob eine Erkrankung frühzeitig erkannt und behandelt wird. Ein Arzt, der mit dem Mongolismus-Syndrom nicht nur theoretisch vertraut ist, weiß, auf welche Symptome er achten muß, bevor es zu spät ist. Er weiß, wo die besonderen Probleme Mongoloider zu erwarten sind, und hat deshalb einen geschärften Blick dafür.

Ein kompetenter Arzt, zu dem man Vertrauen hat, ist eine wertvolle Hilfe. Es ginge über die Kräfte einer Mutter, wenn sie zusätzlich zu den Anforderungen der Erziehung und Förderung des Kindes auch noch die Verantwortung für die richtige medizinische Betreuung auf ihre Schultern nehmen müßte.

Jedoch so hilfreich und entlastend ausführliche Gespräche mit einem Arzt für die Eltern sicherlich sind, so problematisch können sie u. U. sein. In den ersten Lebensmonaten Anitas stellten sie eine gravierende nervliche Belastung für mich dar. Denn so lange brauchte ich, um in Gesprächen mit den verschiedensten Ärzten, mit denen wir zu tun hatten, eine selbstbewußte und gleichberechtigte Position einzunehmen. Sobald geklärt war, daß ich ausführlich und für Laien verständlich in alle Details eingeweiht werden wollte und daß beiderseitige Offenheit sowie Respekt für die Position des anderen für mich unabdingbare Voraussetzung für fruchtbare Gespräche waren, fielen die nervliche Anspannung und auch eine daraus resultierende übertriebene Verletzlichkeit von mir ab, so daß von da an eine gute Zusammenarbeit möglich war. Auch bei dieser Entwicklung hatte ich stark das Gefühl, daß ich die notwendigen Signale senden mußte.

Ich bin überzeugt, daß sich jede Mutter im ärztlichen Gespräch kompetent fühlen darf, selbstverständlich nicht in fachlicher Hinsicht, sicherlich jedoch bei der Erstellung der Diagnose und bei der Durchführung der

Therapie, denn aufgrund ihrer engen Beziehung zum Kind ist sie zu einem intuitiven Erfassen des Zustandes ihres Kindes fähig, das von allen Beteiligten ernst genommen werden sollte.

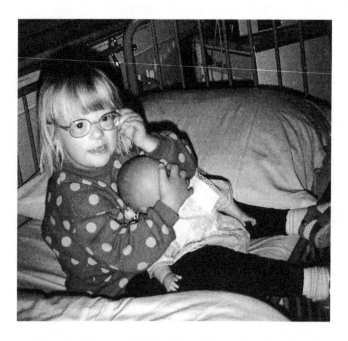

Gerade dieses gefühlsmäßige Verstehen ist für das Kind von größter Bedeutung, weil es ihm das Gefühl der Geborgenheit und Sicherheit gibt. Eine Mutter, die sich darin von ihrem Arzt oder von anderen wissenschaftlichen Experten, die zweifellos kompetent sind und in bester Absicht handeln, verunsichern läßt, macht sich selbst verrückt und vermittelt ihrem Kind das Gefühl, ein unverstehbares Rätsel zu sein. Von einem Baby mit

DS ist mir beispielsweise bekannt, daß die Krankengymnastin mit ihren übertrieben detaillierten Anweisungen darüber, wie das Kind hochzunehmen, zu halten und zu tragen sei, bei seinen Eltern den Eindruck erweckte, sie müßten mit ihm völlig anders umgehen als mit ihrem älteren gesunden Kind. Dadurch wurde aber ihre Beziehung zum Kind fundamental gestört. Ich bin überzeugt, daß eine derartige Störung der Beziehung sich viel behindernder für die Entwicklung des Kindes auswirkt als eine falsche Bewegung beim Aufnehmen und Tragen des Babys. Obwohl es – wie gesagt – bei Down-Kindern verschiedenste medizinische Probleme geben kann, darf man sie als Mutter erst einmal auch im gesundheitlichen Bereich wie jedes andere Kind behandeln. Man muß sich z. B. nicht detaillierte Anweisungen über die Zusammensetzung des Ernährungsplanes vom Arzt holen oder meinen, man müßte sich beim Schlaf-Wach-Rhythmus an irgendwelche strikt vorgegebenen Regeln halten.

Vertrauen Sie also in Ihre eigene Einschätzung der Situation, und wenn es dann noch erforderlich erscheint, besprechen Sie sich mit dem Arzt. Schließlich ist es die Aufgabe des Arztes, Sie zu unterstützen und Ihnen behilflich zu sein, nicht, Sie zu dirigieren oder zu überfordern. Allein die Verabreichung eines Medikaments kann sich, erstreckt sie sich über einen längeren Zeitraum, zum Psychoterror auswachsen, wenn das Kind sie immer wieder ausspuckt und Sie sich als Mutter nicht die Freiheit nehmen, es für eine Weile abzusetzen. (Daß hier natürlich nicht von lebenswichtigen Medikamenten die Rede ist, versteht sich von selbst.) Genauso kann man einmal den Termin für eine Kontrolluntersuchung hinausschieben, wenn es sonst zuviel Hektik gäbe.

Erziehungsfragen

Herausforderung Trotzalter

Schlägt man unter dem Stichwort Down-Syndrom nach, findet man als Beschreibung der typischen Merkmale mongoloider Menschen neben den körperlichen Symptomen Vier-Fingerfurche, Tatzenhand, Froschbauch, Karpfenmaul, Specknacken, gotischer Gaumen usw. häufig die Auskunft, das Down-Syndrom sei mit einer gewissen Starrsinnigkeit oder Sturheit verbunden. So weh den betroffenen Eltern diese lieblosen, ja diskriminierenden Bezeichnungen auch tun, das inhaltlich Gemeinte trifft schon irgendwie zu. Nur: Es sind ja nicht nur mongoloide Menschen stur. (Ebensowenig entsprechen die Hände, Nacken, Bäuche oder Münder aller gesunder Menschen dem gängigen Schönheitsideal, so daß man auch für sie entsprechend abwertende Bezeichnungen finden könnte!)

Wie auch immer: Unsere Tochter ist mit $3^{1}/_{2}$ Jahren mitten im schönsten Trotzalter, in dieser furchtbaren, wütenden Ohnmacht zwischen eigenem Willen und äußeren Gegebenheiten, in der man zum ersten Mal dagegen ankämpft, daß man sich erst ausziehen muß, bevor man baden kann. Hier zeigt Anita durchaus erstaunliche Beharrlichkeit und Erfindungsreichtum bei ihren Versuchen, ihre Wünsche durchzusetzen. Was in oben genannten Beschreibungen jedoch einfach als Sturheit bezeichnet wird, ist m. E. das Ergebnis aus dem Zusammenspiel mehrerer Faktoren. Anita ist im Trotzalter wie andere Kinder ihres Alters auch. Aber sie weiß im Gegensatz zu anderen Gleichaltrigen noch nicht soviel über die Welt und ihre Zusammenhänge, sie hat noch nicht die gleichen Fertigkeiten erworben wie jene, und sie versteht unsere Erklärungen noch nicht so gut. Ein Beispiel: Anita will im Sommer in das aufgestellte Planschbecken. Sie weiß noch nicht, daß es morgens um acht noch zu kalt ist zum Baden, kann sich selbst noch nicht ganz ausziehen und versteht meine Erklärungen und Beschwichtigungen nicht, wenn ich ihr klarmachen will, daß sie erst später baden darf, weil es noch zu kalt ist und wir außerdem noch nicht gefrühstückt haben. Ob ihr Trotz nun wirklich auf eine im Down-Syndrom begründete Sturheit zurückzuführen ist oder nur das Ergebnis dieses Zusammenspiels von Defiziten, das ist fraglich. Für mich ist ihr Trotz verständlich und dennoch oft nervenaufreibend. Da bleibt wohl nichts als Geduld und immer wieder der Versuch, ihr die Zusammenhänge mit einfachsten Mitteln doch zu erklären und dabei klare, feste Grenzen zu setzen. Denn nichts würde sie in ihrem Trotz mehr verunsichern als die Erfahrung, daß an einem Tag Dinge möglich sind, die am andern Tag trotz allen Widerstands und Kampfes verboten sind. Wenn schon so viel Energie aufgewendet werden muß, dann sollen dabei klare und zuverläßliche Erfahrungen herauskommen.

Ein Jahr später war das sogenannte Trotzalter immer noch nicht vorbei, und die Machtkämpfe spitzten sich zu. Keine der alltäglichen Tätigkeiten – vom Zähneputzen übers Hausschuhe anziehen bis hin zur einigermaßen gesitteten Nahrungsaufnahme – war ohne Auseinandersetzung möglich. Ich sagte mir immer wieder vor, Konsequenz und Grenzen setzen seien für Anita wichtige Hilfen, und gab ihrem Willen immer weniger nach. Ich spürte, daß mich diese Machtkämpfe viel Kraft kosteten und mir wehtaten, ich merkte auch, daß meine Beziehung zu Anita darunter litt, daß ich gegen sie auch Aggressionen aufbaute. Gleichzeitig mußten wir mehr und mehr erkennen, daß Anita ab einem gewissen Grad an Heftigkeit bei solchen Machtkämpfen aus unerklärlichen Gründen nicht mehr nachgeben konnte. Sie nahm lieber schmerzliche Nachteile und sogar Strafen in Kauf. Leider brauchten wir lange, bis wir erkannten, daß für Anita solche Machtkämpfe noch viel frustrierender, ja irritierender waren als für mich. Sie konnte wohl nicht mehr verstehen, was da los war, und sah für sich in dieser beängstigenden Situation keinen anderen Ausweg, als an ihrem Willen festzuhalten, denn das war das einzige, was sie dann noch verstand.

Dann machten wir eine merkwürdige Beobachtung: Die Omas und unsere Tagesmutter hatten bei weitem keine so großen Probleme mit Anita. Bei ihnen zeigte sie sich verständig und kompromißbereit. Die Erklärung war schnell zur Hand: Der Ablösungsprozeß von der Mutter sei immer schmerzhafter und vehementer als von anderen Bezugspersonen, zu denen keine so enge Beziehung und auch keine so große Abhängigkeit besteht. Diese vorschnelle Interpretation verbaute uns den Blick für die Notwendigkeit, unsere Beziehung zu Anita neu zu definieren.

Sie war kein Kleinkind mehr, sie brauchte mehr Freiraum und mehr Achtung ihres Standpunkts, weniger

Bevormundung und mehr Akzeptanz als ein Gegenüber, mit dem man sich ernsthaft auseinanderzusetzen hat. Sie hatte in ihrer Selbständigkeitsentwicklung einen großen Schritt nach vorn getan, und es war nun für uns an der Zeit, dem Rechnung zu tragen.

Als wir schließlich gelernt hatten, bei Auseinandersetzungen ihre Position ernst zu nehmen und ihr auch Zeit zu lassen, ihre Gedanken zu ordnen, war sie ihrerseits überraschend verständig und entgegenkommend. Sie fühlte sich wieder akzeptiert und honorierte dies.

Reizwort Sauberkeitserziehung

Als wir Babys waren und es noch keine Wegwerfwindeln gab, war es aus Gründen der Arbeitsersparnis wichtiges Ziel der Mutter, das Kind möglichst früh ans Töpfchen zu gewöhnen. Dabei wurde mit verschiedensten

Tricks und Methoden gearbeitet: Beobachten des Verdauungsrhythmus', Belohnung für jedes erfolgreiche Geschäft im Töpfchen, stundenlanges Töpfchensitzen usw. bis hin zu Psychoterror, Zwang und Schlägen waren je nach Erziehungsstil und Persönlichkeit der Mutter Wege zu diesem vielbeachteten Ziel. Im Zuge der fortschreitenden Erkenntnisse der frühkindlichen Psychologie erkannte man jedoch, daß massiver Druck jeglicher Art nachteilige Auswirkungen auf die seelische Entwicklung des Kindes hat. Störungen des Sexualverhaltens (Sadismus, Masochismus), aber auch Machtgier oder krankhafte Pedanterie können die Folge sein (vgl. dazu Grundformen der Angst, siehe Literaturverzeichnis).

Heute, im Zeitalter der Wegwerfwindeln, wartet man geduldig, bis der Sprößling selbst die Entscheidung trifft, daß die Windel nun endgültig zu lästig ist und es sogar Spaß macht, die Ausscheidung bewußt zu kontrollieren. Freiwilligkeit gilt als Schlüsselbegriff der Sauberkeitsentwicklung. Als Eltern eines behinderten Kindes stößt man hier jedoch auf ein Problem. Bei fast allen wichtigen Entwicklungsschritten mußten wir Anita auf irgendeine Weise helfend zur Seite stehen, mußten sie oft sogar erst dazu anregen, diesen Entwicklungsschritt überhaupt zu machen. Wie sollte das nun bei der Sauberkeitserziehung funktionieren, wenn als oberste Devise ausgegeben ist: Das Kind soll von allein sauber werden? Andererseits ist Saubersein in unserer Gesellschaft von höchster Wichtigkeit; bei Kindergärten ist es normalerweise Aufnahmebedingung.

In dieser Situation fiel mir ein amerikanischer Artikel über Sauberkeitserziehung bei behinderten Kindern in die Hände. Offensichtlich wagt man es in Amerika eher, bestehende Konventionen zu durchbrechen, denn der Autor rehabilitierte unverblümt Großmutters Methode, indem er ihr einen wissenschaftlichen Touch gab. Warum sollte man dem Kind beim Sauberwerden nicht ebenso Hilfestellung geben wie beim Krabbeln oder Laufen lernen? Welche Vorstufen und Zwischenschritte muß es nehmen, wenn es lernen will, seine Ausscheidungsorgane zu kontrollieren? Diese Fragen ging der Verfasser systematisch an. Zunächst muß das Kind das Bedürfnis wahrnehmen und erkennen lernen. Dabei kann man ihm helfen, indem man bestimmte Regelmäßigkeiten der Verdauung beobachtet. Sind längere Zeitspannen zwischen den Blasenentleerungen festzustellen, kann man versuchen, das Kind auf den Zusammenhang von Ausscheidung und Töpfchen oder Toilette hinzuweisen, indem man die beiden Dinge einfach in zeitlichen Zusammenhang bringt (anfangs reicht es, wenn das Kind unmittelbar *nach* dem Urinieren auf den Topf gesetzt wird!), so daß das Kind schließlich mit dem Gefühl der Blasen- oder Stuhlentleerung *Toilette* assoziiert. Wichtig ist, daß während der ganzen Zeit kein Erwartungsdruck auf das Kind ausgeübt wird, damit die Sache mit dem Topf nicht zu einem Machtkampf oder zu einem Geschäft wird, an dem das Selbstwertgefühl hängt. Mit Lob sollte man allerdings nie sparen.

Wenn das Kind den Zusammenhang zwischen Notdurft und Toilette verstanden hat, kann man ihm Erfolgserlebnisse vermitteln, wenn man durch regelmäßige Besuche auf der Toilette die Wahrscheinlichkeit eines Geschäfts ebendort erhöht. Das Kind sollte jedoch nur wenige Minuten sitzen bleiben. (Kein Zwang! Falls es sich weigert, lieber wieder ein paar Wochen warten!)

Feste Zeiten, z. B. nach dem Aufstehen, nach den Mahlzeiten, vor dem Ausgehen usw. sind äußerst hilfreich. Kann das Kind die Besuche auf der Toilette als Erfolge verbuchen und sich in seiner Selbständigkeit bestärkt fühlen, wird es gewiß motiviert sein, die Toilette freiwillig zu benutzen. Um so mehr, als dies auch zur hellen Freude der Eltern geschieht. Für unsere Anita war es jedenfalls ein großes Stück Selbstbestätigung, nun wie die anderen Kindergartenkinder auch ohne Windel zu gehen.

Ich bin jedoch nach wie vor der Meinung, daß nicht die Eltern bestimmen sollten, *wann* die Sauberkeitserziehung auf den Plan kommt, sondern das Kind. Die hier beschriebene Methode ist dann als Hilfestellung oder Erleichterung für das Kind, das sauber sein *will*, zu verstehen und nicht als Weg, sein Kind nach eigenen Wünschen zu dressieren.

Das behinderte Kind und seine Geschwister

Anita ist unser zweites Kind. Und schon oft waren wir froh darüber, ein älteres, gesundes Kind zu haben. Aber das kann man sich natürlich nicht aussuchen. Vorteilhaft ist es für Anita sicherlich in vieler Hinsicht, als Bezugsperson nicht nur Erwachsene (Eltern, Großeltern) zu haben, sondern auch ein Kind, dem sie vieles nachahmen kann, wodurch sie oft auf freiere und spielerischere Art lernt als von uns Eltern. Das Vorbild anderer Kinder motiviert auch zu größeren Anstrengungen, als dies Erwachsene durch die besten didaktischen Tricks erreichen könnten. Mit drei Jahren Radfahren zu lernen (natürlich mit Stützrädern) war für Anita deshalb höchst wichtig, weil sie ihre große Schwester auch jeden Tag fahren sah. Gleiches gilt für Schaukeln, Turnen und Klettern, aber ebenso für feinmotorische Fertigkeiten wie Puzzlebauen und Bilderlottospielen oder für tägliche Selbstverständlichkeiten wie Zähneputzen und An- und Ausziehen. Oft denke ich mir, daß unsere ältere Tochter unbewußt einen Großteil der Frühförderung Anitas übernommen hat.

Doch gerade an diesem Punkt kann es auch gefährlich werden: Das ältere (oder auch jüngere) Geschwister ist eben nicht dazu da, das behinderte Kind zu erziehen. Es hat in erster Linie das Recht, so normal wie möglich Kind sein zu dürfen. Seine Existenzberechtigung hängt nicht von seinem Nutzen für das beeinträchtigte Geschwisterkind ab. Es wird ohnehin mehr oder weniger offensichtlich unter der Behinderung seines Brüderchens oder Schwesterchens zu leiden haben. Da wäre es ein unverzeihlicher Fehler, ihm auch noch die Verantwortung für diesen oder jenen Entwicklungsschritt aufzubürden. Auch hier muß wieder die Bedeutung »gesunder«, d. h. unverkrampfter Beziehungen vor dem konkreten Lernfortschritt rangieren. Auf lange Sicht werden diese sich m. E. ohnehin als förderlicher erweisen als jede isolierte Therapie.

Frühförderung ist auch hier wieder eine Gratwanderung: einerseits die konkreten Entwicklungs-»Feinziele« immer im Hinterkopf haben, andererseits ihnen nicht das eigene Menschsein oder das Menschsein des gesunden Kindes opfern. So liegt es also in der Geschicklichkeit der Eltern, die Spiele und Tätigkeiten des Alltags so zu gestalten, daß beide (bzw. alle) Kinder zu ihrem Recht kommen, und dennoch, am besten unbemerkt, die Frühförderung miteinfließt.

Im Zusammenhang mit der Beziehung zwischen unseren beiden Töchtern konnten wir einen interessanten Effekt nutzen. So zeigte Anita, wenn sie ein neues Spielzeug bekam, zunächst nie großes Interesse an ihm. Weder das Schaukelpferd noch das Bilderlotto noch die Puppe lockten auf Anhieb ihre Neugierde. Gleichzeitig wollte ihre Schwester all diese Dinge sofort haben. Da Anita nicht protestierte, ließen wir sie gewähren. Nachdem Anita ihre Schwester über längere Zeit beim Spielen mit den neuen Sachen beobachtet hatte, fing sie auch an, sich damit zu beschäftigen. Der gewünschte Effekt war erreicht, beide Kinder waren glücklich, und die ältere

Schwester hatte nie das Gefühl, wegen der behinderten Schwester zu kurz zu kommen.

Wir erlebten es bisher immer als positiv, auch ein gesundes Kind zu haben. Was aber, wenn das Erstgeborene bereits behindert ist? Man wird sicherlich abwägen müssen, wie groß das Risiko ist, wiederum ein behindertes Kind zur Welt zu bringen (hier helfen die humangenetischen Beratungsstellen), und überlegen, wie groß der Altersunterschied zwischen den Kindern sein soll. Eine überforderte Mutter ist sicher für kein Kind – behindert oder nicht – vorteilhaft.

Nicht zuletzt bleibt immer noch die Möglichkeit, soziale Kontakte zu anderen Kindern herzustellen, die in gewissem Maße das fehlende Geschwister ersetzen können. Kinder aus der Nachbarschaft, aus Mutter-Kind-Gruppe oder dem Kindergarten regen ebenso zum Nachahmen an und fordern Integrationsfähigkeit. Nur: Die Eltern dürfen ihr behindertes Kind nicht isolieren, sondern müssen im Gegenteil bewußt nach engen sozialen Kontakten für ihr Kind suchen.

Gerade in der Beziehung der Geschwister vollziehen sich ständig Veränderungen. Beide werden älter, entwickeln unterschiedliche Interessen, haben zeitweise das Bedürfnis, sich stärker voneinander abzusetzen. Eine Zeit lang wollen sie unbedingt im gleichen Bett schlafen, dann darf der oder die andere nicht einmal mehr das eigene Zimmer betreten. An einem Tag erfinden sie gemeinsam die lustigsten Spiele, am anderen Tag wollen sie nichts als streiten, und jeder banale Anlaß ist ihnen Grund genug. Hier muß man sich als Eltern immer wieder klarmachen: Nicht in der Familie sind die Mitglieder am glücklichsten, in der scheinbar immer Harmonie herrscht, denn permanente Harmonie geht zwangsweise auf Kosten des einen oder anderen Familienmitglieds, das nicht wagt, seine eigenen Bedürfnisse angemessen durchzusetzen. Leider sind es oft die gesunden Geschwister, die hier den Kürzeren ziehen.

Man sorgt sich als Eltern also um die gesunde Persönlichkeitsentwicklung beider Kinder und muß gleichzeitig feststellen, daß sich manche Gegebenheiten, unter denen das gesunde Kind leidet, beim besten Willen nicht abstellen lassen. Wenn an der Situation schon nichts zu ändern ist, hilft es dem gesunden Kind sicher enorm, wenn es wenigstens sagen darf, worüber es sich ärgert oder worunter es leidet. Schlimm wird es immer dann, wenn in der Familie alle Sorgen und Belastungen, die die Behinderung mit sich bringt, mit einem Tabu belegt werden und jeder immer so tun muß, als würde ihm gar nichts etwas ausmachen.

Wir haben uns nach vier Jahren entschieden, noch ein weiteres Kind zu bekommen, und zwar ohne Wenn und Aber. Wir genießen es nun, wieder ein Baby zu haben, und empfinden es als eine große Bereicherung. Selbstverständlich gibt es auch Probleme. Anita ist jetzt nicht mehr die Jüngste in der Familie, muß ihre Position neu bestimmen und ist auch hier und da eifersüchtig auf ihre kleine Schwester. Insgesamt geht es ihr inzwischen aber doch in erster Linie darum, mehr Selbständigkeit und Unabhängigkeit zu erlangen und sich von ihrer Mutter abzulösen.

Unsere Tochter geriet während dieser Ablösungsphase in einen tiefen Zwiespalt der Gefühle. Sie war hin und her gerissen zwischen ihrem vehementen Drang nach Unabhängigkeit und ihrer Sehnsucht zurück ins Kleinkindalter, in dem sie noch oft von Mama getragen und umsorgt worden war. Insbesondere der Anblick des kleinen Schwesterchens, das nun in den Genuß dieser warmen Mutterliebe kam, rief in ihr die Sehnsucht wach, der sie aber gleichzeitig nicht nachgeben wollte. Dieser innere Zwiestreit der Impulse war für sie tatsächlich so ausweglos, daß ihr Gefühl der Ohnmacht gegenüber den überstarken Emotionen sich als manifeste Ohnmachtsanfälle ausdrückte. Eine solche Körpersprache war zwar eindrucksvoll, aber für uns lange Zeit nicht verständlich. Da organische Ursachen für ihre Zyanoseanfälle nicht sofort ausgeschlossen werden konnten, waren wir äußerst beunruhigt und tappten lange im Dunkeln, was die Ursache für diese Zustände sein konnte. Ihre Sprache war noch nicht so differenziert, daß sie uns verbal hätte mitteilen können, was in ihr vorging. Der Psychologe der Frühförderstelle war hier eine große Hilfe für uns.

Man sollte sich nicht scheuen, die Hilfe eines Erziehungsberaters oder Psychologen in Anspruch zu nehmen, denn als Außenstehendem tun sich ihm vielleicht Einsichten auf, die man als derjenige, der mittendrin steht, nicht wahrnehmen kann. Unser Psychologe half uns, Anitas Innenleben nachzuvollziehen und uns selbst besser zu verstehen.

Anitas Ohnmachtszustände beunruhigten uns zutiefst. Die Angst, sie könnte dabei sterben, wuchs sich zu einem Monster aus, das unser Leben ständig überschattete. Als Mutter litt ich nicht nur unter dauernder Anspannung und Sorge, sondern auch unter diffusen Schuldgefühlen, ich könnte durch irgendwelche, mir unbewußten Fehler Anitas Zyanosezustände verursachen. Mein ganzes Denken war von Angst beherrscht, meine Beziehung zu meinem Kind fundamental gestört. Als nach eingehender, klinischer Untersuchung organische Ursachen als ausgeschlossen galten, konnten wir uns allmählich von unserer Furcht befreien; und als wir in der Therapie erneut lernten, uns in Anita hineinzuversetzen, kam die Beziehung zu ihr wieder in Ordnung. Der Draht war wiederhergestellt, die Wellenlänge gefunden. Das bildete für Anita die Voraussetzung dafür, ihren Trotz zu überwinden. Unsere Machtkämpfe gehörten endlich der Vergangenheit an, und wir erlebten Monate intensiven Glücks. Anita war reifer und verständiger geworden. Bei Auseinandersetzungen waren nun Kompromisse möglich, weil wir frei aufeinander zu gingen.

Aus der Retrospektive wissen wir jetzt, daß die Diagnose *psychisch bedingte Ohnmacht* nicht stimmte. Tatsächlich hatte Anita schwere Herzprobleme, die jedoch nur hätten festgestellt werden können, wenn zufällig im Augenblick des Anfalls ein Arzt zugegen gewesen wäre, um sofort Puls, Blutdruck und EKG zu messen. Selbst der modernen, hoch technisierten Medizin sind Grenzen gesetzt, an denen sie versagt.

Wenn man es wagt, noch einmal schwanger zu werden

Bei der Frage nach einem weiteren Kinderwunsch muß ich an dieser Stelle eingestehen, daß unsere Umwelt mit größtem Unverständnis auf die erneute Schwangerschaft reagierte. (Bis dahin hatten wir in bezug auf Anita eigentlich nur positive Reaktionen erlebt.)

»Zeigen Sie mal Ihren Mutterpaß. Down-Syndrom? Haben Sie bereits ein behindertes Kind? Dann sollten wir die Schwangerschaft am besten gleich abbrechen!«

So ungefähr lauteten die ersten Worte meines Frauenarztes, nachdem er bei mir die Schwangerschaft festgestellt hatte. Ich war gut gelaunt in seine Sprechstunde gekommen und hatte ihm erzählt, daß ich glaubte, schwanger zu sein. Kein »Herzlichen Glückwunsch, Sie werden Mutter« o. ä. Es schien von vornherein festzustehen, daß man nach einem behinderten Kind kein weiteres mehr wollen kann oder wollen darf.

An dieser ersten Erfahrung hatte ich einige Wochen zu schlucken. Aber es ging am laufenden Band so weiter. Bekannte und Verwandte reagierten ähnlich. »Aber das war nicht gewollt, oder?« – »Wollt ihr das wirklich riskieren?« (Als wären wir nicht in der humangenetischen Beratungsstelle gewesen und hätten uns nicht bestätigen lassen, daß wir im Grunde kein erhöhtes Risiko eingingen.) – «Ihr habt aber Mut!« So lauteten durchweg die Reaktionen der Umwelt. Einige versuchten unsere Beweggründe zu analysieren. »Wollt ihr euch beweisen, daß ihr auch gesunde Kinder haben könnt?« – »Hängt euer Selbstbewußtsein daran, ein gesundes Kind zu haben?« – »Wollt ihr noch jemanden in die Welt setzen, der sich später, wenn ihr einmal alt seid, um Anita kümmern kann?« – »Sollte das behinderte Kind einen Spielkameraden bekommen, von dem es durch Nachahmung lernen kann?« – « War Anita für euch so etwas wie ein Fehlversuch, und nun wollt ihr es diesmal richtig machen?«

Andere meinten, uns klarmachen zu müssen, auf welche Schwierigkeiten wir uns gefaßt machen sollten. Die wichtigste Frage nach der Entbindung war: »Und ist Anita sehr eifersüchtig?« – »Macht sie Schwierigkeiten?« – »Das mit dem Saubersein können Sie nun wohl erst mal vergessen!« – »Jetzt wird es wohl zu Verhaltensauffälligkeiten kommen!« – »Möglicherweise wird sie nun aggressiv oder fängt an zu stottern!« – »Fürchten Sie nicht, daß Anita nun zu kurz kommen wird?« – »Das wird Ihnen aber zu viel werden!« – »Wissen Sie, daß Kinder oft sehr darunter leiden, ein behindertes Geschwisterkind zu haben?« ... Es gab praktisch keine Situation mehr, die von unserer Umgebung nicht einzig und allein auf die Anwesenheit unseres Babys zurückgeführt wurde. Als ob man nicht das Recht hätte, auch unabhängig vom neuen Kind Sorgen oder Konflikte zu haben!

Scheinbar ist es undenkbar, daß man sich nach einem behinderten Kind noch einmal ein Kind wünscht, einfach weil man gerne Kinder hat, weil man immer schon mehrere Kinder haben wollte, weil es schön ist, schwanger zu sein, ein Baby zu haben, weil es ein unbeschreibliches Glücksgefühl ist, für so einen kleinen Menschen sorgen zu können und zu sehen, wie er wächst und gedeiht, weil man eine größere Familie haben will ... kurzum, daß man aus den gleichen Gründen ein weiteres Kind will, aus denen andere Eltern auch mehrere Kinder haben. Da kommt einem schon der bitterböse Gedanke, daß die Gesellschaft von Eltern behinderter Kinder immer noch erwartet, das Leben eines Außenseiters zu führen, eines Stigmatisierten, dem die Freuden des Lebens nicht mehr gegönnt sind, dem nichts anderes mehr bleibt, als geknickt und geduldig sein schweres Schicksal zu tragen.

Diesen Leuten möchte ich laut und deutlich entgegnen: Das Leben mit Kindern ist schön! Man darf etwas vom Leben erwarten! Auch wenn man ein behindertes Kind hat!

Natürlich ist es anstrengend, drei Kinder zu haben, natürlich mußte Anita ihren Platz in der Familie neu definieren, natürlich ist man nach schlaflosen Nächten abgespannt, aber unsere kleine Magdalena ist uns all das wert!

Die Frage nach dem richtigen Kindergarten

Zur wachsenden Selbständigkeit und Unabhängigkeit gehört es u. a., daß man nicht immer an Mamas Rockzipfel hängt, sondern daß man zu anderen Kindern und

Erwachsenen Kontakt hat und weiß, wie man mit ihnen umgeht. Aufgrund meiner Berufstätigkeit ist Anita schon seit ihrem zweiten Lebensjahr stundenweise bei einer Tagesmutter, die für sie zu der drittwichtigsten Bezugsperson geworden ist. Ich hatte dabei immer den Eindruck, daß Anita froh war, nicht immer nur auf mich verwiesen und angewiesen zu sein. Durch die Frühförderung hatte sich unsere Beziehung sehr intensiv entwickelt. Ich hatte zwangsläufig ihr Leben sehr stark geprägt und damit auch dominiert, so daß für sie die Erfahrung äußerst wichtig war: Mama ist nicht die unabdingbare Voraussetzung für mein Leben! Ich kann mich auch an andere Menschen wenden, die mich lieben und verstehen.

Der nächste Schritt zu mehr Eigenstand ist ein Schritt hinaus aus dem Familienkreis hinein in den Kindergarten. Hier die Umgangsregeln zu lernen, sich an bestimmte Abläufe und Vereinbarungen zu halten und selbständig und ohne Mama spielen zu können, ist eine tolle Sache, die Selbstbewußtsein und Vertrauen in die eigenen Fähigkeiten vermittelt.

Soweit ich aus meinem Bekanntenkreis weiß, ist es inzwischen der Normalfall, daß Down-Kinder mindestens ein oder zwei Jahre in den Regelkindergarten am Ort gehen. Natürlich kommt es immer auf die Aufgeschlossenheit und die Bereitschaft zum Engagement des Kindergartenpersonals an. Hier haben wir nur die besten Erfahrungen gemacht.

Anita geht nun schon das zweite Jahr ganz selbstverständlich und problemlos in den Kindergarten. Sie wird von den Kindern nicht nur geduldet, sondern geschätzt. Mit ihrer Offenheit, ihrer Bereitschaft zur Teilnahme und ihrem Humor fand sie ohne Mühe Anschluß, so daß sie inzwischen auch von ihren Kindergartenfreundinnen zum Spielen eingeladen wird und die Kinder gerne zu ihr kommen.

Eine Zeit lang überlegten wir, ob der Regelkindergarten wirklich die beste Lösung für Anita ist oder ob wir damit nur unseren Wunsch nach Integration erfüllen wollen. Für den Kindergarten der Sprachheilschule oder die Schulvorbereitende Einrichtung der G-Schule wäre ins Feld zu führen gewesen, daß dort nicht nur normaler Kindergartenbetrieb ist, sondern zusätzlich gezielte Einzelförderung geleistet wird. Wir sind jedoch zu dem Schluß gekommen, daß auch die beste Einzelförderung für Anita nicht so viel bringen kann, wie sie durch Integration und Lernen am Modell im Regelkindergarten lernen kann. Schließlich läuft ja das Programm der Frühförderung neben dem Kindergarten weiter, und wie uns von unseren Therapeuten immer wieder bestätigt wird, ist sie sehr gut gefördert.

Schlagwort Integration

Wie man aus Gesprächen mit Erwachsenen mit Down-Syndrom erfahren kann, ist es ihr großes Ziel, möglichst selbständig zu werden. Sie wollen Aufgaben übernehmen und eigenverantwortlich handeln. Sie wollen sich den Anforderungen des Lebens stellen und nicht abgeschirmt und entmündigt werden. Anläßlich eines Kongresses zum Thema Down-Syndrom 1993 in Florida betonten junge Erwachsene mit Down-Syndrom in ihren Reden einstimmig, daß sie möchten, daß ihnen etwas zugetraut wird und daß sie dazu die Chance brauchen, ihre Fähigkeiten entwickeln und unter Beweis stellen zu können. Wie anders sollte dies möglich sein als durch Integration? Im Umgang mit anderen Kindern und Erwachsenen haben sie die Möglichkeit des Lernens am Modell. Unsere Tochter ist eine erstaunlich gute Beobachterin. Handlungsabläufe, die sie einmal gesehen hat, behält sie im Gedächtnis. Seit sie den Kindergarten besucht, hat sie viele Verhaltensweisen, Handlungsabläufe und Zusammenhänge einfach durch Beobachtung anderer Kinder gelernt. Enthält man ihr diese Möglichkeit vor, nimmt man ihr Lernchancen. Bietet man ihr als Modell jedoch negative Vorbilder, kann man davon ausgehen, daß sie deren Verhalten erwirbt. Eine Konzentration behinderter Kinder in einer Gruppe halte ich deshalb für nachteilig. Die natürliche prozentuale Verteilung von behindert und nicht behindert ist – denke ich -

für alle Beteiligten die vorteilhafteste: Die Gesunden lernen den Umgang mit Behinderten *und*, daß man nicht perfekt sein muß, um dazugehören zu dürfen, und die Behinderten lernen durch das Beispiel der Gesunden und werden zur optimalen Entfaltung ihrer Möglichkeiten angespornt. Integration am Wohnort, in der Mutter-Kind-Gruppe, beim Kinderturnen, in der musikalischen Früherziehung, im Kindergarten und schließlich in der Schule ist zweifellos unbedingt erstrebenswert.

Außerdem bin ich der Meinung, daß Einrichtungen für geistig Behinderte nicht nur als Oasen zu verstehen sind, in denen sie vor der Brutalität und dem Leistungsdruck der übrigen Gesellschaft beschützt sind. Vielmehr bedeutet es für unsere Kinder auch Streß, den ganzen Tag nur mit anderen Behinderten zusammen zu sein. Wir Erwachsene hätten Probleme, so etwas zu verkraften, den Kindern sollten wir es aber zumuten? Nur weil sie selbst behindert sind, fällt es ihnen doch nicht leichter, mit den Problemen anderer fertigzuwerden. Nein, ich bin überzeugt, das Gegenteil ist der Fall. Für ein behindertes Kind ist es doch noch viel schwieriger, mit den Störungen anderer Kinder klarzukommen. Ihr Bewältigungspotential ist schließlich geringer als unseres. Bei Anita beobachte ich, daß sie mit anderen Kindern sehr stark mitleidet, weint, wenn sich jemand verletzt hat, oder sich fürchtet, wenn ein Kind aus Trotz oder Wut stampft und schreit. Ich kann mir nicht vorstellen, wie sie in einer Umgebung, in der solche Dinge unnatürlich konzentriert vorkommen, aufnahmebereit oder leistungsmotiviert sein sollte. Fänden sich aber in einer Gruppe oder Klasse nur ein oder zwei behinderte Kinder, fiele es allen Beteiligten wesentlich leichter, damit zu leben.

In der Schule für geistig Behinderte und in der Behindertenwerkstatt erleben die Behinderten zwar nicht im täglichen Vergleich, daß sie mit den »Gesunden« nicht mithalten können, aber sie merken doch indirekt, daß irgend etwas an ihnen so anders sein muß, daß sie deshalb in Spezialeinrichtungen gebracht und von der Umwelt abgeschirmt werden.

Die Rolle des Vaters

In Sachen Erziehung ist in unserer Gesellschaft die Rollenaufteilung weithin noch die alte: Die Mutter ist für die Erziehung des kleinen Kindes zuständig. Insbesondere wenn der Vater berufstätig und die Mutter zu Hause oder nur teilzeitbeschäftigt ist, liegt es nahe, daß ihr die Hauptaufgabe der Erziehung zufällt. Prinzipiell kann das in Ordnung sein, wenn es auch schade ist, weil der Vater auf diese Weise leicht aus dem Familiengeschehen ausgeklammert wird.

Eine solche Rollenverteilung kann aber u. U. eine gefährliche Eigendynamik entwickeln, bei der die Verantwortung für die optimale Förderung des Kindes allein auf den Schultern der Mutter ruht und der Vater sich damit begnügt, in seiner freien Zeit mit dem Kind zu spielen und sozusagen die Sonnenseiten des Kindes zu genießen. So schön dies für Vater und Kind ist, so unfair ist es der Mutter gegenüber, die dann vom Ehemann oft nicht verstanden wird, wenn sie über Sorgen oder die Belastung der Erziehung und Förderung des Kindes klagt. Wenn die Eltern es versäumen, im Gespräch sowohl über Fördermethoden als auch über Ängste zu bleiben, konzentriert sich die Last der Verantwortung immer mehr auf die Mutter. Eine bedrückte oder gestreßte Mutter kann zwangsläufig nicht mehr unbeschwert und glücklich mit ihrem Kind umgehen, vieles geht daneben oder läuft nicht nach Wunsch, was wiederum zum Frust der Mutter beiträgt. Wünschenswert wäre es daher, daß der Vater von vornherein bestimmte feste Aufgaben übernimmt bei Entscheidungsprozessen mitwirkt und sich nicht bloß über den Stand der Dinge informieren läßt.

Ein Rat an die Mutter: Wenn Sie sich von Ihrem Partner nicht verstanden fühlen, geben Sie den Versuch, sich ihm mitzuteilen, nicht auf. Es führt in eine Sackgasse, wenn Sie versuchen wollten, alles auf die eigene Kappe zu nehmen. Damit wären Sie überfordert! Sie brauchen

Hilfe, und Sie haben ein Recht auf die Unterstützung durch andere. Damit meine ich nicht nur den Vater, sondern auch andere Verwandte, die Omas und Opas des Kindes. Meinen Sie nur nicht, Sie könnten Ihr Kind niemand anderem zumuten. Ihnen ist es auch zugemutet, und Sie können mit ihm umgehen. Warum sollte die Oma mit einem Down-Baby weniger gut zurechtkommen als mit einem gesunden? Liefern Sie es einmal wöchentlich für ein paar Stunden bei der Oma ab, lassen Sie es bei Ihrem Mann zu Hause und gehen in Ruhe bummeln oder was Sie sonst wollen. Damit geben Sie den anderen die Chance, eine Beziehung zum Kind aufzubauen, und dem Kind ebnen Sie den Weg aus der Mutterbindung hinaus in die Integration.

Behinderte und Sexualität

Unsere Anita ist noch ein Kind. Das Problem »Sexualität« stellt sich also – möchte man meinen – für absehbare Zeit nicht. Aber der Blick einer Mutter eilt bisweilen weit voraus, und man kann nicht umhin, sich doch Gedanken zu machen. Ich kann, wie gesagt, zu diesem Thema noch keinerlei eigene Erfahrungen berichten, aber ich glaube, daß gerade im Bereich »Sexualität Behinderter« vieles im Argen liegt, denn es ist auch heute noch ein Thema, das gern ausgeklammert wird, weil man dabei noch immer sehr unsicher ist. Ich hatte mich in meiner Zulassungsarbeit zur Ersten Staatsprüfung für das Lehramt an Gymnasien mit dem Problem »Jugendliche und ihre Sexualität« auseinandergesetzt. Damals hatte ich nur ein gesundes Kind. Als ein Jahr später unsere Anita zur Welt kam, begann ich das, was ich für gesunde Kinder und Jugendliche bearbeitet hatte, unter dem Aspekt der Behinderung zu betrachten, und kam dabei zu folgenden Schlußfolgerungen:

Die Haupterkenntnis meiner Arbeit über jugendliche Sexualität kann man wohl so formulieren: Sexualität ist kein isolierter Funktionsbereich im Menschen, der in der Pubertät zum ersten Mal auftaucht und mit 50 wieder verschwindet oder der sich gar nur auf das Familiengründungsalter zwischen 20 und 35 erstreckt. Nein: Sexualität gehört zum Menschen wie sein Intellekt, wie seine Sprache. Sexualität prägt unser gesamtes Leben, weil sie uns unser Körpergefühl vermittelt und Kommunikation mit unseren Mitmenschen ermöglicht, weil sie uns Lebensfreude schenken kann und die Energie bereitstellt, kreativ zu sein. (Daß hier eine sehr weitgefaßte Auffassung von Sexualität gemeint ist, ist offensichtlich. Aber ich halte es für absolut notwendig, von einer Engführung Sexualität = Fortpflanzungstrieb wegzukommen.)

Es gibt keinen geschlechtslosen Menschen, und es gibt kein geschlechtsloses Alter. Das gilt nun in gleichem Maße, wie es für gesunde Menschen gilt, auch für Behinderte. Die Behinderung hebt das Geschlecht nicht auf. Genausowenig setzt es die Hormonproduktion oder Reifung des Körpers außer Kraft, d.h. auch ein behinderter Mensch ist nicht asexuell. Wenn also Sexualität für unser Dasein von so großer Bedeutung ist, wäre es fatal, ihre Chancen und Möglichkeiten für eine optimale Entwicklung Behinderter brachliegen zu lassen. Damit ergibt sich aber auch das Dilemma: Eine *reife* Sexualität, die die Basis für eine Lebensgemeinschaft und für eine verantwortbare Zeugung von Kindern darstellt, ist ab einem gewissen Grad von geistiger und seelischer Behinderung nicht mehr zu erreichen. Sie setzt nämlich voraus, daß sie in einer körperlich, geistig und seelisch reifen Persönlichkeit harmonisch integriert ist. Andererseits kann man aber die Geschlechtlichkeit des Menschen – auch des behinderten Menschen – nicht einfach wegleugnen.

Wie läßt sich dieser Widerspruch lösen? Es handelt sich hier nur scheinbar um einen Widerspruch. Denn es heißt nicht: Reife Sexualität oder gar keine. Sondern: Es gibt Entwicklungsstufen der Sexualität, die jeder Mensch vom Säuglingsalter bis zum Greisenalter durchläuft. Wir haben ja schließlich auch keine Schwierigkeiten, uns vorzustellen, daß ein geistig behinderter Mensch auf einer früheren Entwicklungsstufe seiner Intelligenz stehen bleibt. Warum fällt es uns so schwer, das gleiche von seiner Sexualität anzunehmen? Darüber hinaus erreicht auch bei weitem nicht jeder »gesunde« Mensch die Vollform reifer Sexualität. Es ist also ganz natürlich, daß menschliche Sexualität sich häufig in Formen vollzieht, die nicht ganz perfekt sind. Wichtig ist in erster Linie, daß die jeweils gelebte Form von Sexualität harmonisch in die Gesamtpersönlichkeit integriert ist, daß sie nicht verdrängt wird.

Unter welchen Bedingungen entwickelt sich nun die Sexualität eines Menschen harmonisch? Welche Faktoren sind hier entscheidend?

Beginnen wir ganz am Anfang, beim Säugling: Die Sexualität eines Babys oder Kleinkindes vollzieht sich im Schmusen und Gestreicheltwerden, darin, daß es die liebevolle Berührung seines ganzen Körpers genießt. Fehlen ihm solche Erfahrungen völlig, verkümmert es in seiner Entwicklung. Sexuelle (leib-liche) Erfahrung ist für den Säugling lebenswichtig. Sehr anschaulich wird diese Tatsache beim Stillen: Hier sind Lebenserhaltung und sexuelle Erfahrung eins. (Später, bei erwachsener Sexualität, können Arterhaltung = Zeugung von Nachkommenschaft und sexuelles Erleben eins sein.) Der Grundstock für eine harmonisch integrierte Sexualität wird also bereits im Säuglingsalter gelegt. Das behinderte Kind braucht diese Erfahrungen mindestens genauso dringend wie das gesunde. Wollte man versuchen, schon von kleinster Kindheit an jegliche sexuelle Regung des Kindes zu unterdrücken, trüge man gerade noch dazu bei, daß aus dem behinderten Kind später ein unausgeglichener Mensch mit großen seelischen Konflikten wird. Erfährt ein behindertes Kind, daß es geliebt und akzeptiert wird, indem es liebkost wird und Hautkontakt spürt, so ist die erste Voraussetzung dafür gegeben, daß es später einmal selbst auch seine Zuneigung zu anderen angemessen ausdrücken und ein gutes Selbstwertgefühl aufbauen kann.

Die meisten Eltern werden sagen: Na gut, im Säuglings- und Kleinkindalter macht uns die Sexualität unseres behinderten Kindes sowieso noch keine Sorgen. Besorgniserregend wird es ja erst in der Pubertät. Ich möchte dagegenhalten, daß es in und nach der Pubertät nur in jenen Fällen besonders gefährlich wird, in denen im Kindesalter bereits versäumt wurde, mit Sexualität alters- und entwicklungsgerecht umzugehen. Das geschieht einerseits durch zu wenig körperliche Nähe (vielleicht weil die Eltern das Kind im Grunde nicht akzeptieren), andererseits durch altersunangemessene Berührungen oder Stimulation. Für den, der als Kind nicht gelernt hat, sein Bedürfnis nach Nähe und Geborgenheit angemessen auszudrücken, wird dies im Jugendalter unmöglich.

Sexualität ist aber nicht nur das Bedürfnis nach Körperkontakt zu anderen Menschen, sondern auch die Freude und Lust am eigenen Körper. Der Säugling erfährt diese Lust, wenn er liebkost wird. Im Laufe der weiteren Entwicklung entdeckt das Kind seinen eigenen Körper nicht mehr nur auf dem Umweg über die Bezugsperson, von der es gestreichelt wird. Es erforscht seinen Körper auf eigene Faust und lernt ihn kennen. Es macht dabei auch die Erfahrung, daß es selbst seinen Körper stimulieren kann, und das als lustvoll erlebt. Die dabei verspürte Freude am eigenen Körper kann helfen, ihn zu akzeptieren, auch wenn man merkt, daß er nicht der schönste Körper ist. Schamgefühlen wegen dieses Körpers und damit verbundenen Minderwertigkeitsgefühlen wird auf solche Weise entgegengewirkt. Der Jugendliche entwickelt somit Formen der sogenannten Selbstbefriedigung oder Masturbation, die zu Unrecht mit einer negativen Wertung belastet ist. Sie ist zunächst eine ganz natürliche Form sexuellen Erlebens auf dem Weg hin zu reifer, partnerschaftlicher Sexualität, und sie tritt besonders häufig während und nach der Pubertät auf, bevor enge Partnerbeziehungen eingegangen werden. Was soll nun daran so schrecklich sein, wenn behinderte Menschen, die in ihrer geistigen oder seelischen Entwicklung auf der Stufe eines 8- oder 12-jährigen stehen geblieben sind, masturbieren? Dies entspricht doch vielmehr ihrem übrigen Entwicklungsstand. Man kann also von einer harmonischen Entwicklung der Sexualität sprechen, vorausgesetzt, die Selbstbefriedigung wird nicht zur Flucht in eine Traumwelt, aus der der Behinderte nicht mehr zurückkehren will. In der Pubertät ist es deshalb besonders wichtig, daß sich der behinderte Jugendliche nicht auf sich selbst zurückzieht. Vielseitige soziale Kontakte und die Förderung von verschiedensten Interessen sind hier notwendig, um eine wirklich harmonische Persönlichkeitsentwicklung zu ermöglichen. Ansonsten könnte Masturbation förmlich zu einer Sucht werden, wie dies auch oft bei übermäßigem Essen als Ersatzbefriedigung für ein ansonsten unausgefülltes Leben der Fall ist. Wie bei jeder Sucht geht auch Masturbation dann auf Kosten der sozialen Integration und seelischen Ausgeglichenheit. Es gehört also zu einer kultivierten Sexualität, daß ein Mensch gelernt hat, auch andere Dinge, Beschäftigungen, Sport, Spiel ... als lustvoll und befriedigend zu erleben. Bleiben dort Erfolgsgefühle und Selbstbestätigung aus, wird er leicht auf die Selbstbefriedigung als alleinige Quelle der Lust zurückgeworfen.

Je nach Grad der Behinderung stellt sich schließlich die Frage: Muß man mit der Möglichkeit rechnen, daß der Behinderte Geschlechtsverkehr hat; und muß man diese Möglichkeit als gefährlich einstufen in der Hinsicht, daß eine Zeugung unverantwortlich und unerwünscht wäre?

Mit welchen Mitteln eine Empfängnis verhindert werden kann und sollte, darüber berät man sich am besten mit einem Arzt. Dabei sollte man nicht über den Kopf des Behinderten und seines Partners hinweg entscheiden und abwägen, welche Methode zuverlässig genug ist (d.h. auch welche Methode man dem Paar zutrauen kann). Dies ist ein Schritt, den die Eltern auf keinen Fall scheuen dürfen.

Als nächstes werden sich die Eltern überlegen, welche Konsequenzen ein Geschlechtsverkehr für ihren Sohn oder ihre Tochter haben wird. Er sollte nicht zu einer zu großen sexuellen und seelischen Abhängigkeit vom Partner führen, sonst besteht die Gefahr (nicht nur sexueller) Ausbeutung. Kommen die Eltern zu dem Schluß, daß die sexuelle Erfahrung eines Geschlechtsverkehrs von ihrem Sohn oder ihrer Tochter verarbeitet werden kann, dann haben sie eigentlich keinen Grund zur Besorgnis. Auch ein behindertes Kind darf man nicht überbehüten, insbesondere nicht, wenn es schon erwachsen ist.

Bei all diesen Überlegungen sollte man bedenken, daß es ganz »normal« ist, im Jugendalter unglücklich verliebt zu sein, auch einmal Selbstzweifel zu hegen, weil die Liebe nicht erwidert wird, oder enttäuscht zu werden, weil die Beziehung für den Partner einen geringeren Stellenwert hatte als für einen selbst. Auch wenn sie schmerzhaft sind, reift an solchen Erfahrungen die Persönlichkeit. Wenn der Grundstock stimmt, werden unsere Kinder sie schon verkraften.

Ein spezielles Problem bei Down-Kindern möchte ich noch ansprechen: ihr großes Kontaktbedürfnis. Bei unserer Tochter beobachte ich einerseits mit Freude, wie selbstbewußt und unbefangen sie auf fremde Leute zugeht, andererseits muß sie natürlich allmählich auch lernen, Distanz zu halten. Ist es bei einem Zweijährigen noch süß, wenn er im Supermarkt andere Leute einfach am Arm faßt, so wirkt es bei einem Vier- oder Fünfjährigen eher peinlich, bei einem Zehnjährigen ist es schon irritierend und unangenehm. Die Umwelt – nicht nur die Eltern – müssen dem Kind daher schon rechtzeitig signalisieren, wann es mehr Distanz halten muß, damit es als Zehnjähriges durch die überraschend abweisende Reaktion des anderen nicht vor den Kopf gestoßen wird. Das würde nur zu seiner Verunsicherung beitragen, und zwar zu einem Zeitpunkt, wo der Jugendliche durch die hormonellen Veränderungen der Vorpubertät seelisch allemal leicht aus dem Gleichgewicht zu bringen ist.

Zu entfalteter Sexualität gehört nicht nur die Kunst, menschliche Nähe positiv zu gestalten, sondern auch das Wissen, wann und wie man auf Abstand bleibt. Eltern eines behinderten Kindes sind geneigt, ihrem Kind später und weniger Freiraum zu gewähren als bei gesunden.

Auch wenn Behinderte in der Regel viel Körperkontakt brauchen, sollten sich die Eltern dennoch überlegen, ob es bei einem 6-, 10- oder gar 15jährigen nicht doch allmählich an der Zeit ist, ihn aus dem Elternbett zu verbannen und ihm ein eigenes Zimmer zur Verfügung zu stellen. Auch ein anhängliches behindertes Kind hat das

Recht auf eine Intimsphäre und muß Gelegenheit haben, diese aufzubauen und zu gestalten, sonst wird es nie verstehen, warum andere ihre Intimsphäre verteidigen und z. B. Geschwister seine Nähe nicht immer ertragen können und wollen. Nur aus dem Wechsel zwischen Nähe und Abstand kann eine gute Beziehung entstehen. Distanz zu halten vermag nur, wem auch Distanz zugebilligt wird.

Verwehrt man den gesunden Geschwistern oder Freunden das Recht, den Behinderten abzuweisen, und lernt der Behinderte nicht, diese Signale zu akzeptieren, ist der Eklat vorprogrammiert. Es kommt zu einer massiven Zurückweisung, die der Behinderte dann als Ablehnung seiner Person interpretiert.

Solche Aspekte müssen unbedingt auch bei Überlegungen zur geeigneten Wohnform jugendlicher und erwachsener Behinderter berücksichtigt werden. Heute gibt es ja sehr vielversprechende Projekte von Wohngemeinschaften Behinderter. Hier muß ebenfalls sowohl Raum für Kontakte und Nähe als auch für eine geschützte Privatsphäre gewährleistet sein. Bleibt das Kind in der Wohnung der Eltern, muß es auch dort die Möglichkeit zum Rückzug und zum Alleinsein besitzen. Zuviel Liebe und Nähe erstickt!

Dauerbelastung Leistungsdruck

Bereits im ersten Kapitel habe ich ausdrücklich betont, daß Frühförderung am effektivsten ist, wenn sie am wenigsten Druck ausübt. Damit ist nicht nur der Druck auf das Kind gemeint, sondern genauso der Druck, der auf den Eltern, meist besonders der Mutter, lastet, für die die Verantwortung für die optimale Entwicklung des Kindes leicht zu einer großen Last wird. Zu wissen, daß die zukünftigen Fähigkeiten und damit Lebensmöglichkeiten des Kindes vom eigenen Geschick und Engagement weitgehend mitgeprägt werden, bürdet den Eltern eine schwerwiegende Verantwortung auf, von der man sich nicht so leicht befreien kann. Das Beste wäre es, sich solchem Druck gar nicht erst auszusetzen. Das kann auf unterschiedliche Weise geschehen.

Man kann sich etwa klarmachen, daß man als Vater oder Mutter eines behinderten Kindes in gewissem Sinn zu einem Opfer unserer Leistungsgesellschaft wird, in der sich alles dem obersten Wert Leistung unterzuordnen hat. Wenn wir an einen Punkt kommen, wo das Leistungsprinzip nicht mehr funktioniert, sind wir irritiert und versuchen, auf Umwegen das Prinzip doch wieder herzustellen. Am Beispiel Behinderung heißt das: Behindertes Leben ist nicht (so) leistungsfähig wie gesundes, deshalb wird es immer wieder offen oder versteckt in Frage gestellt. Wenn Eltern nicht wollen, daß das Lebensrecht ihres behinderten Kindes angezweifelt wird, dann versuchen sie, das zu verhindern, indem sie ihrer Umwelt beweisen, daß sie gerade wegen ihres Kindes eine wesentlich größere Leistung vollbringen und die Gesellschaft diese gefälligst anerkennen soll. So versuchen sich Eltern vor ihre behinderten Kinder zu stellen.

Das Anliegen der Eltern ist verständlich und in unserer Gesellschaft – wie es scheint – absolut notwendig. Aber was ist mit Eltern, die nicht genug Kraft und Engagement aufbringen können, alles Erdenkliche zur Förderung und Pflege ihrer Kinder zu tun? Die Antwort unserer Gesellschaft ist einfach: Ihr Kind sollte besser gar nicht leben. Ihnen wird eine verlängerte Frist zur Abtreibung gewährt, wohl weil behinderte Babies weniger Recht zu leben haben als gesunde. Bei genauerem Hinsehen heißt das doch, einem behinderten Menschen wird nur dann das Recht zu leben zugesprochen, wenn sein Defizit an Leistungsfähigkeit durch ein Vielfaches an Leistung der Eltern aufgewogen werden kann. Im Klartext: Ein Baby mit Down-Syndrom wird akzeptiert, wenn die Eltern dafür Berge versetzen. Wenn es aber nur gerade mal so mitläuft, dann werden ihm die Menschenrechte (auf Unversehrtheit von Leib und Seele) aberkannt. Wer von uns ist in der Lage, ein Leben lang alles Erdenkliche für sein Kind zu tun? Schon das Streben danach ist eine Überforderung. Wie im Grunde alle Eltern, so müssen auch die Eltern eines behinderten Kindes lernen, zu akzeptieren, daß sie nicht perfekt sind, daß sich immer wieder herausstellen wird, daß sie Fehler gemacht und Chancen verpaßt haben oder daß sie das Kind hier und dort früher oder besser hätten fördern können.

Solche Kritik an der Gesellschaft ist eine Methode der Immunisierung gegen den Leistungsdruck, die ergänzt werden sollte durch einen Reifungsprozeß der Persönlichkeit. Es schadet sicher nicht, wenn man die Erfahrung, nicht die perfekte Therapeutin des eigenen Kindes zu sein, zum Anlaß nimmt, sich selbst zu erforschen, was die Gründe für diesen Perfektionismus sind. Vielleicht kommt man hier zu einem besseren Verständnis für sich selbst und seine Lebensgeschichte.

Als letztes möchte ich hier die Hilfe nennen, die eine religiöse Haltung bieten kann. Gott als diejenige Instanz zu begreifen, die über das Recht zu leben entscheidet, befreit die Eltern von dem Impuls, das Lebensrecht des Kindes zu legitimieren. Wenn das Lebensrecht unseres Kindes nicht von unserem eigenen absoluten, immer auch so gemeinten Ja zu ihm abhängt, können wir uns auch aggressive und negative Gefühle ihm gegenüber zugestehen. Wir müssen uns nicht als potentielle Mörder fühlen, wenn wir unser Kind hin und wieder auf den Mond wünschen, wir müssen nicht immer die starken Kämpfer sein, die das Kind beschützen, sondern dürfen uns auch unsere Schwäche und eigene Hilfsbedürftigkeit zugestehen. Selbstverständlich findet nicht jeder Halt im Glauben, aber es wäre einen Versuch wert, denn nicht nur für uns war er Kraftquelle und Trost. Wenn einem das ganze Lebensgefüge so durcheinandergebracht wird wie durch die Geburt eines behinderten Kindes, stellt man sowieso die Frage »Warum?«. Bewältigen wird man so einen Schicksalsschlag auch nur, wenn man für sich irgend einen Sinn darin entdecken kann. Die Frage nach dem Sinn aber ist für uns eine religiöse Frage, auf die eben am besten eine religiöse Antwort paßt. Für uns ist jeder andere Antwortversuch ein Alibi dafür, sich ernsthaft mit dem Leben auseinanderzusetzen.

Abschied

Am Palmsonntag-Morgen 1994 starb Anita für uns völlig unerwartet an einem der beschriebenen Ohnmachtsanfälle, für die die Ärzte keine organische Ursache hatten finden können. Vermutlich war ihr Herz zu schwach. Die Anfälle hatten sich in den Tagen davor stark gehäuft, aber wir hatten die Angst, sie könne dabei sterben, aus unserem Bewußtsein völlig verdrängt, wenngleich sie in unserem gefühlsmäßigen Empfinden da war. Dies ist wohl ein Beispiel dafür, wie die menschliche Psyche in Extremsituationen Denken und Fühlen völlig abspalten kann. Der Tod kam schnell und war für sie, wie wir hoffen, relativ schmerzlos. Unsere Gefühle der Panik, des Nichtwahrhabenwollens, der Selbstvorwürfe, der Trauer und unbeschreiblichen Leere kann und will ich hier nicht beschreiben. Das wäre eine ganz eigene Thematik. Aber ich denke, daß Anitas Leben von ihrem Ende her betrachtet erst in seiner ganzen Bedeutung und Fülle erkennbar wird. Deshalb möchte ich die Tage des Abschieds von ihr kurz schildern.

Eine Welle der Anteilnahme kam uns von allen Seiten entgegen. In unserem Ort gab es wohl selten ein Begräbnis wie das von Anita. Die Kirche war überfüllt, mehr als 300 Trauergäste nahmen an der Beerdigung teil. Anitas Kindergartenfreunde standen lange am offenen Sarg. In selbstgesteckten Blumenbuketts drückten sie ihre Zuneigung für Anita nochmals aus. Oft liegen neue Blumensträuße auf ihrem blumenbedeckten Grab. Auf dem Weg zum Kindergarten besuchen es ihre Freunde. Die Eltern der Kindergartenkinder verabschiedeten sich von Anita mit einem großen Kranz. Viele Erwachsene nahmen an der Beerdigung teil, weil Anita auch für sie etwas Besonderes war. Dieser kleine, behinderte Mensch hatte in seinem kurzen Leben mehr bewirkt als mancher in siebzig Jahren.

Anita war in unserem Ort eine Persönlichkeit, die jeder kannte. Ihre offene, spontane, selbstbewußte Art erstaunte alle. Wer Anita zum ersten Mal sah, wunderte sich. Sie sah irgendwie anders aus, Kenner tippten auf Down-Syndrom, aber sie trat nicht behindert auf. Da war keine Unsicherheit, kein verschämter Blick, ob sie akzeptiert würde, keine Angst, abgelehnt zu werden – und das verwunderte. Wenn sie im Vorbeigehen zu Wildfremden Hallo sagte, kam meist ein überraschtes, aber freundliches Hallo zurück. Es war so leicht, sich mit ihr anzufreunden, daß es jedem Freude machte. Menschen, die noch nie mit Behinderten zu tun gehabt hatten, die aus Angst Behinderten immer aus dem Weg gegangen waren, merkten bei Anita plötzlich, wie einfach es doch war. Und das freute sie.

Den Kindergärtnerinnen, Therapeutinnen, Müttern ihrer Freundinnen war Anita ans Herz gewachsen. Anita war so glücklich, konnte sich so freuen, daß man sich mit ihr einfach mitfreuen mußte. Und das will man nicht mehr missen. Sie lebte so gern und in vollen Zügen. Sie eroberte sich ihre Umwelt, strukturierte sie nach dem, was für sie wichtig war, und war glücklich in ihr. Was sie einmal gesehen hatte, wußte sie und zog daraus ein Gefühl der Sicherheit. In welchem Geschäft sie Traubenzucker bekam, wo beim Nachbarn das Spielzeug war, wie man beim Geldautomaten die Scheckkarte einstecken mußte, daß sie im Blumengeschäft immer ein kleines Sträußchen bekam, wo im Supermarkt die Pfandflaschen abzugeben waren, all das wußte sie. Das waren die Stationen in ihrem Alltag, auf die sie sich jedesmal wieder freute und mit denen sie ihrer Umwelt eine Struktur gab.

Anita – wie andereMenschen sie erlebten

Wir erhielten mehr als fünf Dutzend Beileidskarten, auf denen meist auch einige persönliche Worte und Erinnerungen an Anita standen. Aus einigen davon möchte ich hier zitieren:

Wir werden Anita, so wie sie war, als liebes, aufgewecktes und fröhliches Kind in Erinnerung behalten.

Ich habe das Gefühl, daß ich Anita ... zu danken habe. Sie hat uns den natürlichen Umgang mit behinderten Menschen gezeigt, die Lebensfreude, die man auch über die kleinen, unscheinbaren Dinge des Lebens empfinden kann ... Anita hat mich um viele Erfahrungen reicher gemacht. Ich bin dankbar, daß ich sie kennenlernen durfte, und daß Ihr dieses Kennenlernen durch Eure Offenheit überhaupt ermöglicht habt.

Anitas Augen, Anitas Leben haben uns gezeigt, daß man auch eine andere Vorstellung der Welt haben kann. Durch sie lernten wir, die Hürden des Lebens zu nehmen und die seltenen Momente der Liebe zu teilen. Anitas Lebensdurst war ihre große Weisheit ... Sie wußte, was sie den Ihren wert war...

Anita hat in den kurzen Jahren, in denen sie bei Euch sein durfte, Euch so unendlich bereichert – und selbst uns. Weil durch sie für Euch Behinderung und Lebensangst Annahme und Verarbeitung finden, auch für uns: Vor Eurem letzten Besuch hatte sich unsere Beziehung zur Trennung hin zugespitzt. Dann habt Ihr von der Therapie erzählt, die Ihr wegen Anitas Ohnmachtsanfällen gemacht habt, und davon, wie sie Eure Beziehung befruchtet hat. Das war für uns ein Anstoß zum Neubeginn ... Wir jedenfalls begleiten Eure Anita nicht zuletzt deshalb mit Dank zurück. Ihre Mission war wohl nur kurz befristet.

Eine der Kindergärtnerinnen schrieb uns in einem langen Brief, wie erfüllend die Arbeit mit Anita für sie war. »Mir selbst ist das Zusammensein mit Anita zur beruflichen Herausforderung geworden. Ich bin dankbar, daß ich mit Anita noch ein paar Monate zusammensein durfte. Ich freute mich richtig auf diese Aufgabe. Die Arbeit mit ihr war eine wunderbare Lebenserfahrung ... Als ich beobachtete, wie Anita mit Freude und Erfolg an die Materialien ging, machte mir meine Arbeit wieder Freude ... Bei Anita konnte man die Freude und Zufriedenheit sehen, spüren und erleben. Die Auseinandersetzung und Reflexion, besonders im Team, wurde wieder lebendig. Ich kann sagen, daß Anita unseren Kindergarten neu belebt und lebendig gemacht hat. Ich danke allen, die dies ermöglicht haben.«

Eine Therapeutin schrieb uns: Anita und ich sind in den vergangenen Jahren zu Weggefährtinnen geworden ... Bei meinen wöchentlichen Besuchen hat sie mich schon an der Haustüre mit frohem Lachen und strahlenden Augen empfangen. Durch ihre Unmittelbarkeit, ihre bedingungslose Offenheit wurde in unserer Begegnung die menschliche Beziehung zum Mittelpunkt, unsere

Zuneigung, unsere Freundschaft, unser gegenseitiges Ja. Es war Leben in Fülle. Und erst aus dieser tiefen Beziehung, die immer im Vordergrund stand, konnte für uns beide fruchtbares Lernen erwachsen. Anitas Weg ist zu Ende. Mein Weg geht weiter, aber Anita ist unterwegs zu einem Teil meines Lebens geworden.

Eltern eines Babys mit Down-Syndrom schrieben uns: Eure Anita hat uns mit unseren Problemen mit unserer ... (Name des Kindes) immer wieder gezeigt, daß Hoffnung berechtigt ist, daß es einen Sinn hat, all die Mühen durchzustehen. So schockiert wir nun sind, so zeigt uns Eure Anita, daß das Leben, egal was kommt, lebenswert ist ... Wichtig ist es uns, danke sagen zu dürfen ..., vor allem der Anita, die uns mit ihrem leider so kurzen Leben gezeigt hat, daß wir Hoffnung haben dürfen.

Aussagen anderer Bekannter waren: Wenn ich so überlege, habe ich wohl noch nie ein kleines Kind getroffen, das so viel Ausstrahlung hatte wie eure Anita. Oder: Ich habe im Umgang mit der Krankheit meiner Mutter viel von Anita gelernt. Und: Sie war ein liebes Kind; ich habe sie sehr gemocht.

Von einer jungen Frau, die zur Zeit ihr erstes Baby erwartet, erfuhren wir, daß, seitdem sie Anita kennt, die Vorstellung, ein behindertes Baby zur Welt zu bringen, ihren Schrecken verloren hat.

Zu erfahren, daß Anita nicht nur uns, sondern auch unzähligen, anderen Menschen viel bedeutet hatte, rührte uns sehr. Wieviel sie in ihrem kurzen Leben unbemerkt bei anderen Menschen bewirkt hat, erstaunt uns. Wir waren immer stolz auf Anita, jetzt sind wir es noch mehr.

Anitas letzte Tage

Wir waren überzeugt, daß Anitas Ohnmachtsanfälle keinerlei organische Ursache hatten (zumindest ließen wir keine andere Vermutung aufkommen), und meinten, wenn sie nun endlich kapieren würde, daß sie mit diesen Anfällen nichts erreicht, wären sie vorüber, und alles wäre wieder so wie früher. Anita gab aber ihre Hoffnung nicht auf, wir könnten endlich verstehen, wie schlecht es ihr ging, daß sie körperlich tatsächlich nicht mehr belastbar war. Sie konnte noch so freudig und intensiv spielen, sobald die geringste körperliche Anstrengung dabei war, brauchte sie eine Pause. Sie ging in Schonstellung, hockte sich auf den Boden oder legte sich sogar flach auf den Boden. Da wir ihr erklärt hatten, daß sie beim Treppensteigen deshalb so außer Atem kam, weil sie nicht tief genug atmete, atmete sie nun immer ganz bewußt und intensiv. Sie wollte uns zeigen, daß sie den besten Willen hatte, sich zusammenzureißen und alles zu tun, was ihr möglich war.

Wenn sie sich so zusammenkauerte, sagte sie oft: Bauchweh, und legte ihre Hand auf das Sternum. Dann wollte sie immer zum Doktor oder ins Krankenhaus fahren. Tatsächlich mußten wir einmal wegen eines Harnweginfekts zum Arzt. Da war sie gleich ganz begeistert, weil sie sich wohl erhoffte, er könnte ihr bei dem helfen, was sie als ihr großes gesundheitliches Problem erfuhr. Unser Unverständnis war jedoch unüberwindbar für sie. Bereitwillig wie noch nie ließ sie dort alle Untersuchungen mit sich machen und freute sich, daß sie dafür gelobt wurde. Die wegen des Harnweginfekts verordnete Medizin nahm sie ohne den geringsten Widerstand, obwohl diese wirklich gräßlich schmeckte. Jedesmal sagte sie dabei: Doktor, Medizin, Ja. Ihr Vertrauen in den Arzt war riesengroß. Nur daß keiner ihren wirklichen Gesundheitszustand wahrnahm.

In den letzten Tagen erlitt sie täglich einen Anfall. Das Erstaunliche war für uns jedoch, daß sie danach immer zwar erschöpft, aber auffallend gut gelaunt war. Sie sprach nie über das, was gerade eben mit ihr geschehen war, sondern nur von schönen Dingen, vom Kindergarten oder davon, daß Johanna oder Papa nun bald nach Hause kommen würden u. ä. Sie wollte uns zeigen, daß sie diese Anfälle nicht für sich ausschlachten wollte, um besonders viel Aufmerksamkeit zu bekommen, wie wir in unserer verqueren, psychologisierenden Verdrängung auch schon vermutet hatten. Dieser Frohsinn war vielmehr ihre wirkliche Art, Ausdruck ihrer ungebrochenen Lebensfreude.

Diese Lebensfreude war in ihr tief verwurzelt, gleichzeitig spürte sie aber bereits, daß ihr Körper sie ihr nicht mehr ermöglichte. Sie zog sich nun häufig zurück, als ob sie an dem Leben, das um sie herum war und das ihr immer soviel Freude gemacht hatte, keinen Anteil mehr hätte. Ich nahm dies wohl wahr und spürte ein tiefes, ungewöhnliches Mitleid mit ihr, ließ aber dieses Gefühl nicht in mein Bewußtsein gelangen. Daß Anitas Lebenskraft zu Ende gehen könnte, wollte ich einfach nicht wahrhaben.

In den letzten Wochen hatte ich bei Anita beobachtet, daß sie häufig mitten im Spiel abbrach, und zwar eindeutig nicht deshalb, weil ihre Konzentration oder Motivation nicht mehr ausgereicht hätte, sondern völlig unvermittelt. Durch Tricks war sie dann leicht wieder zum Weiterspielen zu überreden. Ganz ähnlich stellte sie Perlenbilder, die sie seit einiger Zeit mit großer Hingabe und Ausdauer bastelte, nun nicht mehr fertig, schüttete sie meist sogar mittendrin aus. Aus der Retrospektive waren das vielleicht bereits Versuche, uns auf ihr baldiges Ende, das ihr kleines Leben ebenso unvollendet ließ wie sie ihre Bilder, hinzuweisen. Vier Tage vor ihrem Tod bastelte sie noch einmal ein solches Bild, wählte eine runde Form und legte genau viereinhalb rote, gelbe und orange Kreise. Als der letzte Kreis fertig war, weigerte sie sich strikt, noch eine weitere Perle hinzuzufügen. Dieses Bild schüttete sie aber nicht aus, sondern zeigte es uns und bewahrte es dann auf. Als der Papa am nächsten Tag meinte, sie sollte nun daran weiterarbeiten, weigerte sie sich wieder strikt. Sie wollte auch keine weiteren Perlenbilder mehr anfertigen.

Am Tag, bevor sie starb, ergab es sich »zufällig«, daß Anita und ich gemeinsam in ihrem Zimmer die Spielsachen aufräumten. Das wunderte mich, denn wenn ich sonst versuchte, sie zum gemeinsamen Aufräumen zu motivieren, endete das bald damit, daß ich aufräumte und sie daneben mit irgend etwas spielte oder das Spielzeug, das ich eben weggeräumt hatte, nun ganz dringend zum Spielen brauchte. Nicht so an jenem Samstag. Mit einer Ausdauer sortierte sie das Puppenbesteck, räumte die Puppenküche ein und verstaute den Doktorkoffer. Im Rückblick hat man den Eindruck, sie wollte noch Ordnung schaffen, bevor sie gehen mußte.

Da man aus dem Umgang mit todkranken Kindern weiß, daß sie den Zeitpunkt ihres Todes voraussahnen (vgl. Elisabeth Kübler-Ross), sind wir fest davon überzeugt, daß Anita schon lange versucht hatte, uns Signale zu senden, wir aber uns perfekt dagegen abschirmten. Die Frage ist nun: Wer war hier behindert? Wessen Wahrnehmungsfähigkeit war hier beschränkt?

Das ganze Leben mit Anita hat uns gezeigt, welcher Reichtum in ihr lag; ihr Ende bestätigt uns dies um so mehr. Hätten wir doch diese Achtung vor ihr zu ihren Lebzeiten noch deutlicher zum Ausdruck gebracht! Hätten wir uns doch nie in unserer Beziehung zu ihr durch standardisierte Erziehungsratschläge und Interpretationen verunsichern lassen! Auf der Ebene der Intuition und des Gefühls waren wir Anita nahe gekommen. So war es auch immer unser Gefühl gewesen, das uns den Weg gezeigt hatte – wenn wir bereit waren, auf es zu hören. Erziehung ist ein kreativer Prozeß, der nur dann wahre Blüten hervorbringt, wenn er aus einem absoluten Sich-Einlassen entspringt, wenn der »Erziehende« von seinem Podest der Überlegenheit und des Besserwissens heruntersteigt und bereit ist, sich mit dem

»Zuerziehenden« gemeinsam auf den Weg zu machen. Wer kann das Ziel schon kennen?

Eine andere Perspektive gewinnen

Sonderbarer Weise lehrte uns Anita nicht nur in ihrem Leben, die Wirklichkeit, Probleme und Leiden, aber auch andere Menschen anders zu sehen, sondern sogar noch durch ihren Tod. Die herzliche Anteilnahme, die uns von so vielen entgegengebracht wurde, zeigte uns, wie treu und verläßlich doch unsere Freunde sind. Wir machten aber darüber hinaus noch eine andere erstaunliche Erfahrung: Nun, da über unsere Familie Leid gekommen war, das jeden schockiert und in dem jeder bereit ist, uns Trauer und Leiden zuzugestehen – was ja in unserer Alles-okay-Gesellschaft nicht in jeder Notsituation selbstverständlich ist –, waren plötzlich Leute bereit, uns von ihrem eigenen Leiden zu berichten. Menschen, die bisher die Fassade des nach außen präsentierten Glücks perfekt aufrecht erhalten hatten, erlaubten uns jetzt einen Blick dahinter. So erfuhren wir von der Hoffnungslosigkeit einer jungen Mutter, die in guter Stellung, mit einem gutsituierten Ehemann und zwei begabten Kindern, für ihre persönliche Zukunft kein Glück mehr erhofft, da sie ihr Leben als auswegslos verfahren ansieht. Einem beruflich erfolgreichen, jungen Mann, der Erstaunliches leistet, wurde klar, daß er von Anita deshalb so fasziniert war, weil sie das lebte, wonach er sich seit seiner Kindheit sehnt: geliebt zu werden, ohne ständig übermenschliche Leistungen zu erbringen, glücklich sein zu können, ohne ständig danach zu fragen: Was bin ich in den Augen der anderen?

Es ist denkbar, daß Anita gerade durch ihr Behindertsein anderen Menschen geholfen hat, die Selbstverständlichkeiten ihres eigenen Lebens, in denen sie gefangen sind, zu hinterfragen. Braucht unsere Gesellschaft ihre Behinderten vielleicht gerade deshalb, weil sie in ihrer extrem einseitigen Ausrichtung auf Leistung, Ansehen, Äußerlichkeit, Konsum und materielles Denken ein Korrektiv benötigt, das den notwendigen Gegenpol aufzeigt, vorlebt und erfahrbar macht?

Traum

Eine Therapeutin erzählte mir einmal folgenden Traum, der mich seitdem nicht mehr losläßt: Sie war wegen einer Verabredung zu einer Schule für geistig Behinderte bestellt. Diese befand sich eigenartiger Weise auf einer riesigen Brücke über einen Fluß. Sie wartete dort und schaute ganz beiläufig auf den Fluß hinunter und wunderte sich, daß dort unten Holz geflößt wurde. Als sie jedoch genauer hinsah, waren es keine Baumstämme, sondern lauter tote Menschen, die den Fluß hinunter befördert wurden.

Ich bin keine Traumdeuterin, aber einiges in diesem Traum regt mich zum Nachdenken an. Die Schule für geistig Behinderte steht auf einer riesigen Brücke, hätte also das Potential, zwei voneinander getrennte Welten zu verbinden, vielleicht die Welt des Intellekts mit der des Gefühls, vielleicht die Welt des Theoretisierens und Analysierens mit der des Erlebens, vielleicht unsere rechte Hemisphäre mit der linken, vielleicht eine Gesellschaft, in der man nur durch Leistung zum Ziel kommt, mit einer, in der der Mensch so sein darf, wie er ist, geliebt wird, ohne sich diese Liebe erst verdienen zu müssen.

Doch offensichtlich kommt es auf der Brücke nicht zu dieser Begegnung. Es wird nicht ausdrücklich erwähnt, aber vermutlich ist dieses Schulgebäude überhaupt ganz leer, denn die Menschen, um die es dort gehen sollte, sind unter der Brücke, auf dem Fluß, dem Sinnbild unserer unbewußten Impulse. Sie sind tot, vielleicht, weil dieser Fluß den unterdrückten, versteckten, scheinbar überbrückten Tötungsimpuls darstellt, der sich in der Menschheitsgeschichte immer wieder mehr oder weniger offenkundig gegen jegliche Form der Behinderung gerichtet hat. In diesem Traum scheinen die Menschen anfänglich nur ein Stück Holz zu sein. Holz, wie Holzköpfe, in denen nichts drin ist. Holz, das zurechtgeschnitzt werden muß. Holz, das man fällen und befördern kann, wie und wohin man will.

Tatsächlich kommt mir die Tatsache, daß Behinderte in separaten Schulen unterrichtet werden, so vor wie diese pompöse Brücke. Die Absicht ist gut gemeint, das Engagement der Lehrer und Therapeuten groß, die Ausstattung der Schulen oft sehr modern und beeindruckend.

Alles könnte wunderbar sein, wenn es nicht für den Großteil der Gesellschaft, der nichts mit Behinderten zu tun hat und haben will, die Funktion erfüllen würde, den Tötungsimpuls, den man sich Gottseidank verbietet, indirekt so zu befriedigen, daß man von den Behinderten doch verschont bleibt, aber gleichzeitig sein Gewissen mit dem Hinweis darauf beruhigen kann, welch großartige Einrichtungen man speziell für ihre Bedürfnisse errichtet hat. Bedürfnisse der Behinderten meint selbstverständlich das, was wir als distanziert und »objektiv« betrachtende Außenstehende als ihre Bedürfnisse wahrnehmen und ihnen zugestehen wollen.

Die notwendige Brücke zwischen den Gegensätzen unserer Gesellschaft ist nicht geschlagen. Die Menschen, um die es gehen sollte, werden von der Gesellschaft nicht als lebendige, wertvolle und eigenständige Persönlichkeiten wahrgenommen, sondern als Objekte, die an der Gesellschaft möglichst unauffällig vorbeigeflößt werden müssen.

Dank

Anita, wir verdanken dir so viel. Du hast unserem Leben Sinn und Tiefgang gegeben, hast unseren Blick auf das Eigentliche gelenkt, hast uns so viel Freude geschenkt, daß sie leicht die Sorgen, die wir wegen dir hatten, aufgewogen hat. Du warst eine Lebenskünstlerin, bei der wir gerne noch viel länger in die Lehre gegangen wären. Vom ersten Tag an hast du uns den Weg gezeigt, wie wir das, was uns zunächst als Schicksalsschlag erschien, so bewältigen konnten, daß es zu unserem Glück wurde. An dir sind wir gewachsen, durch dich sind wir das geworden, was wir sind. Wie arm und leer wird das Leben ohne dich sein!

Anhang

Abenteuer Alltag

Anita erlebt ihren Alltag mit solcher Intensität, daß man neidisch wird und ihn gerne mit ihr teilt. Das würden wir uns für uns selbst auch wünschen, die kleinen Alltäglichkeiten immer wieder aufs Neue freudig erleben zu können, den Menschen, die wir lieben, jeden Tag zeigen zu können, wie viel sie einem bedeuten. Bei uns sinkt meist das, was in unserem Leben eigentlich das Wichtigste ist, zum Selbstverständlichen ab. Nicht so bei Anita. Deshalb möchte ich versuchen, die Art und Weise, wie Anita ihre Umwelt erlebte, aus ihrer Sicht zu beschreiben, da es ihr ihre Sprache nicht ermöglicht, es selbst zu tun:

Morgenstund hat Gold im Mund ist meine Devise. Sobald ich Mama im Bad höre, bin ich hellwach, tripple ins Bad und will von ihr zur Begrüßung auf den Schoß genommen werden. *Wach?* frage ich sie, und *Schule? Ich Kindergarten! Johanna auch Schule! Papa?* Er schläft noch, aber ich darf ihn wecken. Auch ihn muß ich fragen, ob er in die Schule muß und ob er heute mit dem Zug oder mit dem Auto fährt.

Wenn Mama beim Frühstück die Milchflasche leert, ist das ein gutes Zeichen für mich, und ich frage *Kaufen?* Wenn ich Glück habe, war es wirklich die letzte, und Mama versichert mir, daß wir zum Einkaufen fahren müssen. Am liebsten fahre ich auf Mamas Fahrrad mit zum Einkaufen. Unterwegs erkundige ich mich, in welche Geschäfte wir müssen: *Bäcker? Metzger? Bank? Penny? Apotheke? Bücherei?* Am liebsten sind mir alle sechs. Denn Bäcker heißt: Ingrid begrüßen, Breze kaufen und in meine eigene, kleine Tasche stecken. Wenn ich dann schnell genug bin, wische ich – bevor Mama ihre Sachen (Brot, Semmeln) eingepackt hat – zur Türe hinaus und gleich nebenan zum Metzger, wo ich mich brav in der Reihe anstelle und warte, daß ich eine Scheibe Wurst geschenkt bekomme. Das paßt prima zu meiner Breze!

Bank heißt: sich vor die automatische Glasschiebetür stellen und warten, bis sie aufgeht, dann zu der ersten großen Maschine. Mama muß mir dann ihre Bankkarte geben. Das ist für mich gar nicht so leicht, sie aus der Plastikhülle zu schieben, aber ich kann es doch jedesmal. Ich muß sie mit dem Zeichen nach vorne in den Schlitz schieben und bald darauf gleich wieder herausziehen. Daraufhin rattert die Maschine ganz lustig und spuckt oben Papier aus, bei dem man den Rand umknicken und abreißen muß. Das Abgerissene darf ich in den Abfalleimer werfen, das Große bekommt Mama. Und, wenn ich Glück habe, darf ich die Karte gleich noch bei der nächsten Maschine einschieben. Da dauert es länger, bis sie wieder herauskommt, und das Papier, das dort ausgeworfen wird, bekommt Mama, denn es ist *Mark*. Vielleicht muß Mama anschließend auch noch durch die nächste Glastüre gehen, dann laufe ich links zu so einem Fernseher, bei dem mehrere Hörer festgemacht sind. Da spiele ich dann Telefonieren. Meistens rufe ich Papa und Johanna an.

Am meisten ist aber bei Penny geboten: Erst Einkaufswagen holen, dazu braucht man *Mark*, Mama muß mir da helfen, der Griff ist zu weit oben. Erste Station: Flaschen abgeben. Mama klingelt, den Rest mache ich. Der Verkäuferin die Flaschen geben oder sie gar selbst in den Träger stellen. Dann muß die Verkäuferin auf der Kasse rumdrücken, bis ein Zettel herauskommt, für den ich mich laut und deutlich bedanke und den ich aber sofort Mama geben muß. Einmal habe ich das nicht getan und ihn verloren, so daß Mama ihn im ganzen Geschäft suchen mußte. Nächste Station: Getränkelager! Dort stehen Türme von Trägern, auf die ich raufklettere oder zwischen denen ich mich verstecke. Wenn manchmal Johanna auch beim Einkaufen dabei ist, macht das noch viel mehr Spaß. Mama räumt inzwischen ihren Einkaufswagen voll. Dann geht's um die nächste Ecke, dort hole ich meine Lieblingsnascherei Gummibärchen und frage Mama mit treuherzigem Blick: *Bärchen? Eins?!!* Sie erlaubt es mir sowieso meistens. Aber ich darf Johanna nicht vergessen! *Johanna auch Bärchen? Ja?!* Aus meiner Sicht ist der Einkauf nun beendet, und wir können zur Kasse gehen. Noch ein wehmütiger Blick in die Eistruhe und dann, wenn wir an der Kasse fertig sind, Wagen aufräumen.

Zur Apotheke und Bücherei müssen wir leider nicht so oft, denn auch dort kenne ich mich genau aus, weiß, wo in der Bücherei die Toilette ist und wie man dort die Türe zusperrt. Daß ich sie aber selbst nicht wieder aufsperren kann, ist nicht so schlimm. Mama weiß schon immer, wie sie das von außen machen kann. Mit dem Apotheker führe ich meist eine kleine Unterhaltung, und anschließend gibt's jede Menge Traubenzucker.

Nach unserer Einkaufstour spiele ich zu Hause etwas, betrachte unsere Fotoalben (das ist eine meiner Lieblingsbeschäftigungen) oder helfe Mama beim Kochen. Aber ich vergesse nicht, nachzufragen, wie lange es noch dauert, bis Johanna aus der Schule heimkommt: *Stunde?* frage ich und bin froh, wenn es nicht mehr länger ist. Kurz bevor meine Schwester kommt, sagt mir Mama Bescheid, damit ich zum Gartentor laufen und mich dort auf die Gartensäule setzen kann, um zu warten. Hier habe ich einen guten Blick auf Johannas Schulweg und kann ihr schon von weitem zurufen *Johanna! Hallo!* Jetzt aber schnell von der Säule geklettert, das Gartentor geöffnet und ihr einige Meter entgegengelaufen!!! Da müssen wir beide immer sehr lachen. Trotzdem vergesse ich natürlich nicht, daß ich immer ganz am Rand der Straße bleiben muß, damit mich kein Auto überfährt.

Nach dem Mittagessen darf ich in den Kindergarten, wo ich einen festen Platz für meine Kleidung und Schuhe habe, ebenso für meine Brotzeittasche und für mein

Handtuch. Ich bin noch kaum zur Tür hereingekommen, laufen schon ein paar von meinen Freunden auf mich zu, und wir lachen miteinander. Manche wollen mir immer beim Aus- und Anziehen helfen. Das ist mir aber nicht immer recht, dann muß ich laut werden. Im Gruppenraum habe ich auch schon einige Lieblingssachen entdeckt, auf die ich mich jeden Tag freue. In der Puppenecke spiele ich jeden Tag, koche, decke den Tisch und spiele mit den anderen Kaffeklatsch. Wenn mich Mama schließlich wieder abholt, dauert es nicht mehr lange, bis auch Papa wieder heimkommt. Wenn ich den Schlüssel in der Türe höre, laufe ich ihm schon jubelnd entgegen. Er muß mich ganz dringend sofort auf den Arm nehmen, damit ich ihn festdrücken und fragen kann: *Schule schön? Heim?*

Unsere ältere Tochter Johanna schreibt über sich und ihre behinderte Schwester

Johanna und Anita
Ich bin Johanna und bin 7 Jahre und habe 2 Schwestern die eine heißt Anita und ist 5 Jahre und die andere heißt Magdalena und ist 8 Monate. Ich und Anita können gut miteinander spielen. Manchmal macht Anita mir etwas kaputt. Dann schimpfe ich sie. Aber ich kann mit ihr trotzdem sehr gut spielen. Manchmal meine ich, daß sie gar nicht behindert ist. Dann kann ich erst gut mit Anita spielen! Ich bin glücklich, daß ich zwei Schwestern habe und ich lerne Anita lesen. Wenn ich mit Anita spiele dann spielen wir Sachen die Anita gut kann und die ihr Spaß machen.

Wie ich vor einem Jahr in die Schule kam wollte Anita mit. Aber das ging nicht. Dafür darf sie in den Kindergarten gehen.

Bei uns in Garching kennt fast jeder Anita. Jeder sagt: Hallo Anita! Wenn die Nachbarskinder da sind spielen wir manchmal Verstecken und Anita sucht uns. Manchmal streite ich mit Anita um ein Buch oder so. Anita sagt: stad (still) meiner Buch! Als ich Puppen gespielt habe da wollte Anita mitspielen. Dann wollte ich Anita schimpfen. Aber Mama ist gekommen. Dann hab ich aufhören müssen. Dann hab ich sie in mein Zimmer hereingelassen. Dann haben wir gut miteinander gespielt.

Meine Freundin Sandra hat mich einmal gefragt: Was bedeutet mongoloid? Ich habe ihr erklärt, daß sie alles ein bißchen später lernt und das ist nicht schlimm.

Meine Freundin Jessica hat mich einmal gefragt: Mußt du viel auf Anita aufpassen? Wenn wir mit Mama zum Einkaufen fahren dann gehen Anita und ich meistens zu den Spielsachen. Da nehme ich Anita an die Hand. Manchmal mag sie mir weglaufen. Da nehme ich sie noch fester an die Hand.

Ich kann mit Anita gut Friseur spielen. Wir holen zuerst einen Stuhl. Anita setzt sich dann darauf. Dann frisiere ich sie. Dann wechseln wir.

Einmal als wir gebadet haben, da haben wir uns gegenseitig mit einem kalten Wasser angespritzt. Da haben wir sehr gelacht.

Einige Vorschläge für Kniereiter und Baby-Kitzler

Fährt ein Schiffchen über's Meer, | Auf den Knien hin
Schiffchen schaukelt hin und her | und her schaukeln,
kommt ein großer Sturm daher, | in's Gesicht blasen,
wirft das Schiffchen in das Meer. | nach hinten kippen.

(Dieses Spiel trainiert die seitlichen Bauch- und Rückenmuskeln sowie die Kopfkontrolle im Sitzen.)

Bim bam beier, | Im Rhythmus hin
die Katz mag keine Eier. | und her schaukeln.
Was mag sie dann?
Speck aus der Pfann.
Unsre kleine Leckermadam.

Große Uhren machen tick tack, | Im Rhythmus hin
kleine Uhren machen tick tack, | und her schaukeln
tick tack, | und bei jedem

und die kleinen Taschenuhren	Uhrentyp
ticke tacke, ticke tacke.	das Tempo steigern.

(Trainingseffekt wie oben, zusätzlich kommt Rhythmusgefühl in´s Spiel.)

So reiten die Damen :ll	Langsam Knie heben und senken,
So reiten die Herrn :ll	schnell mit den Knien wippen,
So schokelt der Bauer,	gemächlich das Kind hin
das haben wir gern.	und her schaukeln.

(Seitliche Muskulatur, Kopfkontrolle, Rhythmusgefühl.)

Wirle, wirle Breile,	In die Hand des Kindes kleine
tun wir Zucker rein,	Kreise schreiben,
Deckel zu,	den Zeigefinger hineinlegen, die
Deckel auf,	Kinderhand darüber schließen,
und patsch drauf.	wieder öffnen,
	mit der anderen Hand drauf patschen.

(Regt den Tastsinn an, fördert die Konzentration, das Kind lernt mitspielen, indem es erkennt, wann es die Hand schließen und öffnen muß.)

Ebenso empfehlenswert sind die bekannten Fingerspiele wie Das ist der Daumen ... oder Alle meine Fingerlein wollen heut mal Tierlein sein ...

Geht ein Mann die Treppe rauf,	Mit den Fingern den Arm hoch laufen,
klingelingeling,	am Ohrläppchen ziehen,
klopft an,	an die Stirne tippen,
grüß Gott, Herr Nasenmann.	an der Nase zupfen.

(Das Kind nimmt die angesprochenen Körper- und Gesichtsteile wahr, baut Spannung auf und kann den Höhepunkt vorweg ahnen. Hilfe beim ersten Aufbau des Körperschemas.)

Rößerl beschlagen,   Mit der Handfläche
Rößerl beschlagen,   auf die Fußsohle
Wieviel Nägel müssn   eines Beinchens schlagen.
wir schlagen?   Dreimal mit dem Zeigefinger drücken,
Eins, zwei, drei,   dann kitzeln.
kille kille.

(Stimuliert die Fußmuskulatur, hilft den Körper erfahren.)

Das geht so so so,   Finger tanzen lassen,
mit den kleinen Marionetten.   indem man
Das geht so so so,   die Hände hin und her dreht.
dreimal rundrum und dann weg.   Hände umeinanderwickeln und hinterm Rücken verstecken.

Mit diesen Beispielen möchte ich anregen, andere Spielchen zu erfragen oder auch selbst zu erfinden. Dem Baby machen sie Spaß, auch wenn sie nicht besonders geistreich sind. Man sollte aber ihren Wert für das Kind nicht unterschätzen. Nicht von ungefähr gab es sie immer schon und gibt es sie in allen Sprachen und Kulturen.

Weitere Informationen zum Thema

Entwicklungsdiagnostik
(als Orientierung für konkrete Entwicklungs-»Feinziele«:)
Baumann, Sibylle, u. a., Fortschritte der Frühförderung entwicklungsgefährdeter Kinder, München 1989
Hellbrügge, Theodor, u. a., Münchener Funktionelle Entwicklungsdiagnostik, Lübeck 1985

Medizinische Beschreibungen der Trisomie 21
Schmid, Franz, u. a., Das Down-Syndrom, Münsterdorf 1987

Überblickswissen Lernpsychologie, Entwicklungspsychologie, Tiefenpsychologie
Joerger, Konrad, Einführung in die Lernpsychologie, Freiburg 1976
Lefrancois, Guy R., Psychologie des Lernens, Heidelberg 1986
Oerter, Rolf, Moderne Entwicklungspsychologie, Donauwörth 1967
Riemann, Fritz, Grundformen der Angst. Eine tiefenpsychologische Studie, München - Basel 1984
Zimmer, Katharina, Versteh mich doch bitte, München 1992
Niedecken, Dietmut, Geistig Behinderte verstehen, München 1993

Zur Bedeutung des Streichelns, der Babymassage und des Stillens
Leboyer, Frederic, Sanfte Hände, München 1991
Lottrop, Hanny, Das große Stillbuch, München 1982

Zur Sprachförderung
Buckley, Sue and Bird, Gillian, Teaching Children with Down´s Syndrome to read, in Down´s Syndrome: Research and Praktice, University of Portsmouth 1993
Wilken, Etta, Sprachförderung bei Kindern mit Down-Syndrom, Berlin 1989

Zur Sauberkeitserziehung
Aufsatz in Small Steps (Macquarieprogramm) Band 7 – Personal and Social Skills

Anregungen für Fingerspiele, Kniereiter und andere Reime
Stöcklin-Meier, Susanne, Eins, zwei, drei, ritsche ratsche rei, Ravensburg 1987

Pousset, Raimund, Fingerspiele und andere Kinkerlitzchen. Spiel-Lust mit kleinen Kindern, Reinbek 1983

Erfahrungsberichte Betroffener
Scheel, Karin, Katrin – ein Sorgenkind, Astridstraße 39, 33335 Gütersloh
Lehmann, Dorothee, Dagmar. Der gemeinsame Weg einer Mutter und ihres mongoloiden Kindes zu Reife und Lebensfreude, München 1988

Tod und Sterben
Kübler-Ross, Elisabeth, Verstehen, was Sterbende sagen wollen, Stuttgart 1982
Kübler-Ross, Elisabeth, Interviews mit Sterbenden, Stuttgart 1969

Zeitschriften
Leben mit Down-Syndrom, Rundbrief der Selbsthilfegruppe für Menschen mit Down-Syndrom und ihre Freunde, Röntgenstraße 24, 91058 Erlangen
Mittendrin, Bundesverband behinderter Pflegekinder, von Galen Straße 2, 26871 Papenburg

Für weitere Informationen und Broschüren
Bundesvereinigung Lebenshilfe e.V., Raiffeisenstraße 18, 35043 Marburg

Weitere Adressen
Elternvereinigung Down-Kind e.V, Sonja Bader, Stefan-George-Ring 48, 81929 München, Tel. 0 89/93 11 22 (bei allgemeinen Fragen)
Landesarbeitsgemeinschaft LAG Bayern Gemeinsam Leben – Gemeinsam Lernen, Inge Hoffmann, Hartliebestr. 10, 80637 München, Tel. 0 89/1 57 17 42 (zu Fragen der Integration in Kindergärten und Schulen)